講談社文庫

乱麻

百万石の留守居役（十六）

上田秀人

講談社

目次——乱麻　百万石の留守居役（十六）

金沢・江戸間の街道図

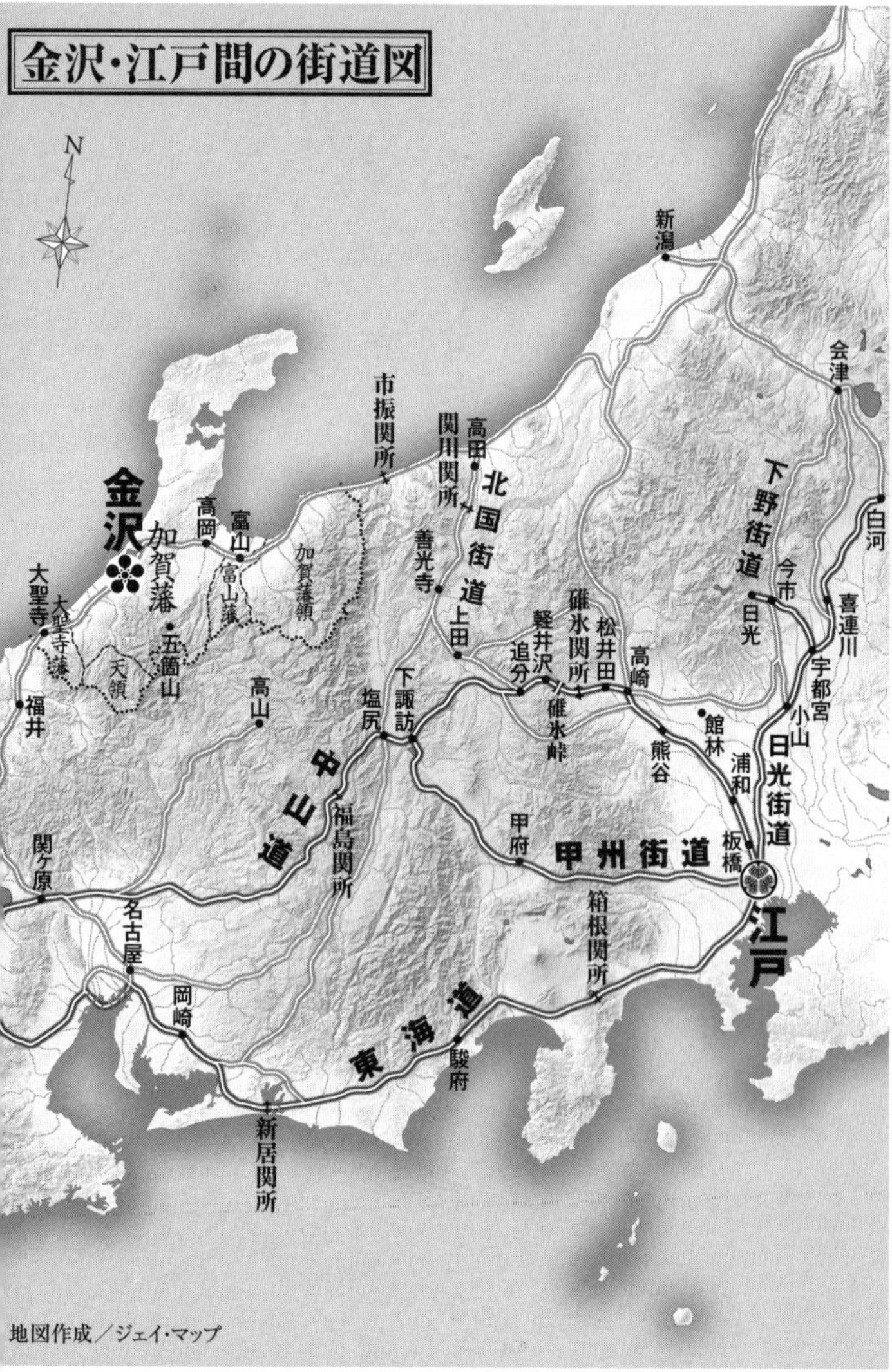

地図作成／ジェイ・マップ

〔留守居役《るすいやく》〕

主君の留守中に諸事を采配《さいはい》する役目。人脈をもつ世慣れた家臣がつとめることが多い。参勤交代が始まって以降は、幕府や他藩との交渉が主な役割に。外様《とざま》の藩にとっては、幕府の意向をいち早く察知し、外様潰《つぶ》しの施策から藩を守る役割が何より大切となる。

〔加賀《かが》藩士〕

藩主
前田綱紀《まえだつなのり》

- 人持《ひとも》ち組頭《くみがしら》七家（元禄《げんろく》以降に加賀八家）
  - 本多安房政長《ほんだあわまさなが》（五万石）筆頭家老
  - 長《ちょう》 尚連《ひさつら》（三万三千石）国人出身
  - 横山玄位《よこやまはるたか》（二万七千石）江戸家老
  - 前田孝貞《たかさだ》（二万一千石）
  - 奥村時成《おくむらときなり》（一万四千石）奥村本家
  - 奥村庸礼《やすひろ》（一万二千四百五十石）奥村分家
  - 前田備後《びんご》直作《なおなり》（一万二千石）
- 人持ち組
- 平士
  - 瀬能数馬《せのうかずま》（一千石）ほか
- 平士並《なみ》——与力（お目見え以下）——御徒《おかち》など——足軽など

〔第十六巻『乱麻』――おもな登場人物〕

瀬能数馬《せのうかずま》　祖父が元旗本の加賀《かが》藩士。若すぎる江戸留守居役《るすいやく》として奮闘を続ける。藩主綱紀《つなのり》のお国入りを助け、将軍家から召喚された本多政長《ほんだまさなが》と江戸へ。

本多安房《あわ》政長　五万石の加賀藩筆頭宿老《しゅくろう》。家康《いえやす》の謀臣《ぼうしん》本多正信《まさのぶ》が先祖。「堂々たる隠密《おんみつ》」。

琴《こと》　本多政長の娘。数馬を気に入り婚約、帰国した数馬と仮祝言《かりしゅうげん》を挙げる。

本多主殿政敏《とのもまさみち》　政長の嫡男《ちゃくなん》。部屋住みの身。

刑部一木《おさかべいちもく》　本多家が抱える越後忍《えちごしのび》・軒猿《のきざる》を束ねる。体術の達人。

佐奈《さな》　琴の侍女。刑部の娘。加賀藩邸を襲撃した無頼の武田四郎《たけだしろう》に惚《ほ》れられる。

村井次郎衛門《むらいじろうえもん》　加賀藩江戸家老。お国入りしている藩主綱紀の留守をあずかる。

松平左近衛権少将綱昌《まつだいらさこんえのごんしょうしょうつなまさ》　越前福井《えちぜんふくい》藩主。加賀藩を監視する役を帯びる。

前田対馬孝貞《まえだつしまたかさだ》　加賀藩国家老。宿老本多政長の留守を託される。

前田綱紀　加賀藩五代当主。利家《としいえ》の再来との期待も高い。二代将軍秀忠《ひでただ》の曾孫《そうそん》。

前田備後直作《びんごなおなり》　加賀藩の重臣。人持ち組頭七家の一人。

堀田備中守正俊《ほったびっちゅうのかみまさとし》　老中。次期将軍として綱吉擁立《つなよしようりつ》に動き、一気に幕政の実権を握る。

稲葉美濃守正則《いなばみののかみまさのり》　老中。堀田正俊の養母・春日局《かすがのつぼね》の孫にあたる。

大久保《おおくぼ》加賀守忠朝《ただとも》　老中。本多家とは代々敵対してきた。

徳川《とくがわ》綱吉　四代将軍家綱《いえつな》の弟。傍系ながら五代将軍の座につく。綱紀を敵視する。

乱麻

百万石の留守居役（十六）

第一章　前例の弊害

一

江戸城内留守居役《るすいやく》詰め所、蘇鉄《そてつ》の間から出て来た紀州《きしゅう》徳川家留守居役沢部《さわべ》修二郎《しゅうじろう》が、加賀《かが》藩筆頭宿老《しゅくろう》の本多安房《ほんだあわ》政長《まさなが》にいきなり願った。

「琴《こと》姫さまを辰雄《たつお》の正室にお迎えをいたしたく、お願いをいたしまする」

「なにをっ」

「…………」

予想外だった沢部修二郎の話に瀬能数馬《せのうかずま》が愕《おどろ》きの声をあげ、本多政長は無言で眉《まゆ》をひそめた。

「いかがでござろうか」

「お、お待ちあれ。先ほど、拙者が琴を妻にしたと申しあげたはずだが」

返答を求める沢部修二郎に、数馬が慌てた。

「貴殿に話しているわけではない。黙っていてもらおう」

「しかし……」

「先達《せんだつ》としての命じゃ」

「うっ」

留守居役にとって先達は神に等しい。

数馬は詰まるしかなかった。

「いかがでございましょう。今度は決して離縁などいたしませぬ。それをお誓い申しあげまする」

沢部修二郎が数馬から、本多政長に目を移した。

「参るぞ、数馬」

返答もせず、本多政長が背を向けた。

「本多さま」

思わず沢部修二郎が手を伸ばした。

「慮外者《りよがいもの》。ここは城中であるぞ」

本多政長が叱りつけた。

「ひっ」

さすがに戦を経験してはいないが、百万石を支える筆頭宿老としての気迫が、沢部修二郎を打った。

「なにをしておる、数馬」

「……はっ」

急《せ》かされた数馬が、本多政長に従った。

「…………」

それを沢部修二郎が固まったまま見送った。

江戸城の大手門《おおてもん》を出るまで、本多政長は無言であった。

「大殿、若殿」

本多政長の腹心で軒猿頭《のきざるがしら》の刑部一木《おさかべいちもく》が近づいてきた。

「お疲れさまでございまする」

数馬の家士《かし》石動庫之介《いするぎくらのすけ》が待っていた。

「帰るぞ」

本多政長が迎えの駕籠《かご》に乗った。

「数馬、隣に来い」

「はっ」

行列の後ろに位置取りをしていた数馬を、本多政長が呼んだ。

数馬が駕籠脇に付き、代わって刑部が後列へと下がった。

「さきほどの愚か者はなんだ」

「沢部どのでございましたら、紀州徳川家の留守居役でございまする」

訊かれた数馬が答えた。

「名乗りを受けたゆえ、それくらいはわかっておる。数馬、そなたはなぜあやつに逆らわなんだ。金でも借りておるのか」

「とんでもないことを」

あの弱い態度はなんだと本多政長に責められた数馬が慌《あわ》てた。

「我ら留守居役には、長年の慣習で、一日でも早く役に就いた者のことを先達として敬い、その指示はなにを措いても従わねばならぬのでございまする」

「それはまことのことか」

「はい。わたくしはもっとも若く就任も新しいため、若造として扱われておりまする」

確かめた本多政長に、数馬が首肯《しゅこう》した。

「そのしきたりは、誰から命じられた」

「藩の留守居役の五木《いつき》どのからでございまする」

問うた本多政長に、数馬が告げた。

「……そうか」

本多政長が目を鋭くした。

「それより、そなたは琴を嫁にしたとあの愚か者に言わなかったのか」

「申しましてございまする。国元で祝言《しゅうげん》を挙げたと」

新たな質問を受けた数馬が述べた。

「そのうえで、あの愚か者は琴を水野《みずの》の嫁にくれと申したのか……ふざけるにもほどがある」

本多政長が険しい顔をした。

「もし、儂《わし》が琴のことを認めれば……」

「先達の指示だとして、わたくしに離縁を迫りましょう」

数馬も頰《ほお》をゆがめた。

「それが通るのか」

「そういたさねば、沢部修二郎はもちろん、先達の指示を聞かなかったとして、わたくしは留守居役のなかから省かれましょう」

「省くとは、どういう意味じゃ」

「わたくしの誘いに応じず、わたくしに声をかけず、たとえ、その場にいたとしても、いないものとして無視されるかと」

「……戯《たわ》けどもがっ」

本多政長が吐き捨てた。

「他家の者の婚姻にも口出しをするというか、留守居役は」

「そういうものだとしか、申せませぬ」

怒る本多政長に、数馬がうなだれた。

かつて数馬が留守居役となったお披露目《ひろめ》の宴席でのことが思い出された。口を開くことも許されず、一昼夜水一口も含まず、眠らず、招いた留守居役たちが遊女と戯れている間をただただ端座《たんざ》して耐える。

見世《みせ》の主《あるじ》が気を利《き》かせてくれたお陰でかなりましであったが、二度とあのような思いはしたくなかった。

「……ふう」

よほど肚《はら》に据えかねたのか、本多政長が怒気を散らすために、大きく息を吐いた。

「琴と数馬が婚姻を為したと知っていながら、それでもと求める。おかしいではないか」

本多政長が別の疑問を呈した。

「……たしかに」

数馬も同意した。

「まあ、裏を考えていたら、まったく違うということもある。たとえば、水野辰雄が、まだ兄嫁だったときの琴の美貌に横恋慕《よこれんぼ》していたとかな。吾《わ》が娘ながら、琴は衆に優れた容姿をしておるゆえな」

「吾が妻を褒めるのは男として、いささか面《おも》はゆうございますが……琴ほどの女《おなご》はまずおりますすまい」

本多政長の意見を数馬は認めた。

「だが、それはあり得まい」

「はい」

否定する本多政長に数馬が首を縦に振った。

「もし、そうならば藩の留守居役は頼れますまい。留守居役は藩のために、他藩との交渉をおこないまする。いかに水野辰雄が紀州徳川家で重職の出であろうとも、家臣のためには動きませぬ」

「うむ。それに琴が金沢《かなざわ》へ帰って以来、水野とは文の遣り取りさえしておらぬが、それでも一度は親類となったのだ。琴が嫁に欲しいのならば、まず金沢の儂のもとへ使者なり、文なりを寄こすべきである」

本多政長も手順が違うと言った。

「となりまするど……」

「二つ考えられるな。いや、三つか」

なぜかと問いかけた数馬に、本多政長が指を二本立てた後、もう一本加えた。

「一つは、水野辰雄という男が、藩主である紀州公のお気に入りの場合だ。可愛がっている家臣から、本多の娘を嫁に迎えたいとねだられた紀州公が、なんとかしてやれと留守居役に命じた」

「寵臣《ちょうしん》でございますか。なんとも情けない話でございますな。自力で妻さえ口説《くど》けませぬか」

「家督が回って来なければ、どこかへ養子に出るか、兄の家臣として生涯尽くすかしかなかったのだ。それが兄の死で当主となれた。そのことに舞いあがっているのかも知れぬな。運がついていると」

「思ってもおられぬことを」

笑いながら言う本多政長に数馬があきれた。

「さて、二つ目だが、琴を求めているのではなく、儂との縁をもう一度繋ぎたいと考えている。紀州家がの」

「紀州家が義父上《ちちうえ》との縁を求めている」

数馬が理解できないという顔をした。

「ここに来て急だと思うか」

「はい。義父上との縁ならば、琴を返さずにいれば続いたのでございましょう。それを一度縁を切っておきながら、今更というのはいささか」

「勝手だと」

「はい」

数馬がうなずいた。

「少し足りぬな」

本多政長が数馬をまだまだだと評した。

「お教えくださいましょうや」

足りぬのはなにかを数馬が尋ねた。

「琴が離縁されたとき、儂にはなかったものを考えよ」

「義父上になかったもの……」

命じられた数馬が歩きながら思案した。

「少しだけ助けてやろう。それは儂とそなたが知り合って以降でもある」

答えの出ない数馬に、本多政長が助言した。

「つい最近でございますな」

数馬が思案しなおした。

「……上様とのかかわりではございませぬか」

「手間を掛けすぎじゃが、まあ、よいな」

数馬の答えを本多政長が正解だと認めた。

「儂が外様《とざま》の家老から、将軍家と直接お話ができるようになった。そこに紀州家は価値を見いだしたのだろう」

本多政長が嘆息した。

「紀州家がなぜに、そのことを気にいたしまするので」

よりわからなくなったと数馬が困惑した。

「そうよな。課題としよう。儂が次に求めるまでに、答えを見つけておけ。わからなければ、少し欲深くなれ。さすればわかろう」

「欲深く……」

少し笑った本多政長の言葉に、数馬は戸惑《とまど》った。

「まあ、三つ目はいつも通りよ。誰かに頼まれて儂とそなたの間にひびを入れようとした。儂が水野の頼みを受ければ、そなたは本多から離れよう」

「はい」

「やれ、逡巡《しゅんじゅん》も見せぬか」

即座に断じた数馬に、本多政長が苦笑した。

「返事をいつまでと期限が切られたわけでもなし。ゆっくりと対抗する手立てを考えるとしよう」

本多政長が駕籠の戸を閉めた。

二

月番、宿直《とのい》番あるいは城中巡回当番でない老中《ろうじゅう》の下城は、昼八《や》つ（午後二時ごろ）

と決まっている。

老中大久保加賀守忠朝《おおくぼかがのかみただとも》もいつものように八つ半（午後三時ごろ）に上屋敷へ戻ってきた。

「お戻りなさいませ」

江戸上屋敷用人丹沢隼人《たんざわはやと》が、大久保加賀守の決裁《けっさい》を待つ内政の書付を持って、待ち構えていた。

「……急ぎか」

あからさまに不機嫌な顔で大久保加賀守が問うた。

「はい。すべて本日中にお目通しを願いまする」

丹沢隼人が淡々と答えた。

「御用繁多での」

大名も武家である。そして武家は疲れたと言ってはならない。武士は戦う者であり、戦場で耐えるものなのだ。それは泰平になっても心得として残され、隠居するまでは敷物も手あぶりも使わないのが当然とされている。

大久保加賀守は遠回しに、少し休ませろと言った。

「ご厚恩を賜った新知にかかわるものでございますれば、急ぎ対応すべきかと」

丹沢隼人が正論を持ち出した。

延宝《えんぽう》五年（一六七七）から老中として務めていた大久保加賀守は、綱吉《つなよし》が五代将軍となる前、一万石の加増《かぞう》を受けていた。

「新知か……」

苦い顔で大久保加賀守が嘆息した。

加増は転封《てんぽう》に伴う場合でなければ、そのほとんどが幕府領を割《さ》いて与えられた。

「ありがたし」

どこの大名でも内証は厳しい。わずかの加増でも助かるのは確かだが、幕府領だというのが、くせ者であった。

「将軍さまの民」

「天下の将軍家の領民、天領《てんりょう》である」

百姓はもとより、町人まで矜持《きょうじ》が高いのだ。

それが老中とはいえ、大名へ下げ渡されたのだ。

「情けなし」

「なぜに大名の言うことを聞かねばならぬ」

不満が高まる。

もちろん、表だっての反抗は少ない。

「あいにく、今年は稔《みの》りが悪く」

「将軍さまの御領であったときは、年貢をお納めしても、正月くらいは迎えられたのでございますが」

幕府領は基本として四公六民である。それに比して、大名領は四公六民から六公四民の間が多い。つまり、大名の内情で変化した。

大久保家はもと唐津《からつ》から佐倉《さくら》へ移された。唐津は九州の肥前《ひぜん》であり、佐倉は下総《しもうさ》である。大名にとってもっとも負担となる参勤交代を考えれば、その費用は三分の一、いや四分の一ですむ。そして、唐津は九州の外様大名の見張りと、長崎《ながさき》の警固《けいご》を命じられているため、若年寄《わかどしより》や老中などのお役に就《つ》きにくい。

その二点からいけば、佐倉はまさに栄転であった。実際、大久保加賀守は老中になった翌年、佐倉へ移動させられている。つまりは、転封を含んでの抜擢《ばってき》であった。

しかし、一概に栄転といえないのは、唐津はもの成りがよく、表高の三倍ほど実高があるうえに、長崎商人からの献金も少なくなく、藩の財政は潤っていた。

一方、佐倉は悪い土地ではないが、表高と実高の差は少なく、収入は唐津のころの半分に満たない。

そこに転封の費用である。転封となれば、藩庁だけでなく、家臣の引っ越しもしなければならず、その費用は莫大な金額に上る。

栄誉は増えたが、収入は減った大久保家で、まだ転封の費用は藩財政を圧迫していた。

「なにかと要りようであろう」

一万石は、大久保加賀守への気遣いであり、五代将軍選定などで味方してもらおうとした大老《たいろう》酒井《さかい》雅楽頭《うたのかみ》忠清《ただきよ》による抱えこみであった。

その加増領でなにかあれば、大久保加賀守は酒井雅楽頭への恨みを残す綱吉からどのような咎《とが》めを受けるかわからなかった。

「国家老か、そなたの裁量でどうにかできなんだのか」

まだ大久保加賀守がわがままを言った。

「運上《うんじょう》にかかわることでございますれば、殿のご裁可なければ」

丹沢隼人がどうしてもと書付を突き出した。

運上は百姓の年貢と同じように、商人や職人に課すもので、藩財政の大きな柱の一つであった。

「……わかった」

大久保加賀守があきらめて、書付を手に取った。

「……二分とは少なすぎるのではないか。五分、藩政不如意《ふにょい》の今は七分はないと足りまい」

「たしかに足りませぬが、無理をいたすと商人どもが反発いたしまする」

甘すぎると言った大久保加賀守に、丹沢隼人が首を横に振った。

「ならば四分で参れ」

「郡代《ぐんだい》が、せめて三年は御温情をと申しておりまする」

「三年……長いな」

大久保加賀守が眉間にしわを寄せた。

「…………」

無言で丹沢隼人が大久保加賀守を見上げた。

「やむを得ぬ。二分でよい。ただし、一年ごとに一分増やせ。三年目以降は五分といたす」

大久保加賀守が宣した。

「わかりましてございまする」

丹沢隼人が一礼した。

「次に……」

「まだあると申すか」

「申しわけございませぬが……」

「そなたが差配せい」

大久保加賀守が怒った。

「それよりも、あのことはどうなっている」

いらだった大久保加賀守が丹沢隼人を遮《さえぎ》った。

「あのことと申しまするると」

丹沢隼人が首をかしげた。

「決まっておろう、本多のことじゃ」

「…………」

大久保加賀守に言われた丹沢隼人が黙った。

「返答せぬか。黙っていてはわからぬ」

「……まだおあきらめにはなられませぬか」

険しい声を出した大久保加賀守に、丹沢隼人がため息を吐いた。

「なにを言うか、そなたは。大久保家と本多は相容れぬ間柄ぞ。どちらかが滅びるまで争うのが宿命」

「もうよろしいのではございませぬか。本多は五万石とはいえ、陪臣《ばいしん》。当家は老中でございまする。相手をする意味も価値もございませぬ」

執念を口にした大久保加賀守を、丹沢隼人がなだめた。

「…………」

大久保加賀守が口をつぐんだ。

「……殿」

しばらく待ったが、なにも言わない大久保加賀守に、丹沢隼人が怪訝《けげん》な顔をした。

「いかがなさいまし……」

そこまで言った丹沢隼人が息を吞んだ。

大久保加賀守の両拳が白くなるほど握りしめられていたのだ。

「今日も本多は、ご城中を吾が物顔で、歩いていたのだぞ。今は上様のお召しだが、いつ譜代《ふだい》お取り立てに変わらぬとは限らぬ。そのとき、大久保はどうなっているのか、少しは考えよ」

わなわなと大久保加賀守が震えた。

「出過ぎたまねをいたしました。お詫び……」

「出ていけ」

あわてて平伏した丹沢隼人に大久保加賀守が短く命じた。

「申しわけございませぬ。決して殿のお気持ちを……」

「余の目の前から消えよ……」

蒼白になった丹沢隼人に大久保加賀守が手を振った。

「はっ」

尻を蹴られた勢いで丹沢隼人が御前《ごぜん》を下がっていった。

「よくあれで用人が務まるわ」

大きく息を吐いた大久保加賀守が独り言を続けた。

「かつて大久保家が断絶していることを忘れたのか、それとも知らぬのか」

大久保加賀守が嘆いた。

徳川家は三河《みかわ》の出である。もとは三河一国を保ちかねるほどの小名でしかなかった。その徳川に家康《いえやす》という傑物が現れた。

もっとも徳川の家運が衰退した永禄《えいろく》のころで、駿遠参《すんえんさん》の三国を支配していた今川義元《いまがわよしもと》が織田信長《おだのぶなが》によって討ち取られたことから徳川家康が天下を取るまでの苦難と栄光の道が始まった。

そこにずっと従ってきたのが、大久保家、本多家であった。他にも酒井家や、榊原《さかきばら》家などもあるが、大久保と本多は家康にとって信頼できる一族であった。

大久保家はなんといっても武での貢献であった。大久保家は徳川の家臣でももっとも一族が多い。一族が多いということは乱世では大きな利になる。戦いはどうしても数という真理に左右されるからだ。戦場での手柄に大久保家の名前は絶えずあったが、その代わり討ち死にする者も多い。

まさに大久保家は徳川が天下を獲るための礎《いしずえ》となった。

一方の本多家は計略で家康を補佐した。ちなみに徳川四天王の一人で、生涯負けなしとうたわれた本多忠勝《ただかつ》とは、同じ名字ながら別族になる。遠く先祖をたどれば、どちらも京の賀茂《かも》神社の神官に繫がる同根なのだが、早くに枝分かれし、その後の経緯もあり、本多正信《まさのぶ》と本多忠勝の仲は悪かった。ちなみに不仲は今も続いている。

両家ともに家康の覇権に力を尽くした。しかし、その後が悪かった。

天下を手にするまでは、どちらもそのために努力し、相手のことを気に入らなくとも、一つの目標のために手を携えられる。

では、目標が叶ってしまったときはどうなるのか。

今度は次の時代の権力を巡って、争うのだ。

徳川家が天下を取った。幕府も開いた。そして幕府は代々受け継がれていく。鎌倉、室町しかり、百年以上続く。そのとき、幕府のなかで己の一族がどの立場にいるか、どちらが力を持っているか。

徳川家の天下取りに尽くした家臣たちが、次代を狙って蠢《うごめ》き始めた。不思議なことに、徳川四天王と呼ばれた井伊《いい》、本多、榊原、酒井は、この争いから身を離した。それぞれに十万石をこえる大領を与えられたことで満足したのか、そういった争いに参加して、勝てればいいが負けて没落するのを嫌ったのかはわからないが、四天王は表に出なかった。

代わりに出たのが、本多正信と大久保忠隣《ただちか》であった。

わざとなのか、偶然なのかは、わからないが、将軍職を家康は世継ぎ秀忠《ひでただ》に譲り、己は大御所《おおごしょ》となって駿河《するが》に幕府を押さえる大御所幕府というべきものを作った。

本来、混乱を避けるために一元化されるべき政権を家康は二つに分けた。当然、江戸にも駿河にも執政《しっせい》はいた。

家康は駿河の執政に本多を置き、江戸に大久保を置いた。

一応、現将軍が幕府の頂点にあり、政《まつりごと》は江戸の執政がおこなうべきであった。

「その法度《はっと》はいかがかの、将軍どのよ」

それを家康は崩した。

秀忠が発布した法度や人事に家康は口を出し、かなりの頻度でひっくり返した。

「わかりましてございまする」

どれほど不満であろうとも、秀忠は家康の機嫌を取らなければならない。なにせ、天下人は家康であって、秀忠は単に将軍という名乗りを譲られたに過ぎないのだ。

「天下はわたくしが預かったもの。隠居はお引きあれ」

そう反発でもしようものならば、

「ならば返してもらおう。なにもそなただけが吾が息子というわけでなし」

あっさりと家康に見捨てられる。

いまだ徳川家を潰《つぶ》そうと思えば潰せるだけの力を持った豊臣《とよとみ》家が大坂《おおさか》にある。豊臣秀吉《ひでよし》に引き立てられた恩顧の大名までが、関《せき》ヶ原《はら》の合戦で家康に付いたのは、二代目である秀頼《ひでより》では天下が保《も》たないと感じたからなのだ。

そして、二代目としてふさわしくないという点において、秀忠は秀頼といい勝負であった。秀忠は本多正信、榊原康政《やすまさ》ら知謀、武力に長けた武将に徳川家譜代の旗本を連れていながら、信州上田《しんしゅううえだ》城などという小城にひっかかり、関ヶ原の合戦に遅参するという恥をさらした。

家康も吉川《きつかわ》、小早川《こばやかわ》、毛利《もうり》などに調略をかけ、豊臣方から寝返りさせたり、不戦を約束させたりしていたが、主力の黒田《くろだ》や福島《ふくしま》などの豊臣恩顧の大名がいつ裏切らないとはかぎらない状況での決戦だった。

そこに絶対の信頼をおける三河以来の旗本たちがいてくれれば、どれほど心強かったか、わからない。

それを秀忠は戦場に連れてこられなかった。

「情けなし」

「あれで家康どのの血筋だと」

関ヶ原の合戦の後、しばらく秀忠は家康との目通りを許されず、諸将の嘲笑《ちようしよう》を浴びた。

その秀忠が、将軍は吾だと、

「駿河の家康を討つ。兵を出せ」

などと言い出したところで、集まる者などまずいない。

「愚かなり」

逆に家康が兵を江戸へ向けるとなれば、たちまち数十万の軍勢になる。

それがわかっているからこそ、秀忠は屈辱に耐えた。

父と息子の戦いというより、一方的な蹂躙《じゅうりん》があった。

当たり前ながら、本多と大久保は巻きこまれ、そして大久保が負けた。

「京における切支丹《キリシタン》を排除せよ」

幕府からの命によって居城小田原《おだわら》を離れた大久保忠隣は、そのまま京で捕縛され、謀叛の疑いありとして大久保家は改易《かいえき》、近江《おうみ》へ配流となった。

「大久保忠隣の謀叛には疑いが残るが、これで本多正信の権力は十倍になった」

熊本《くまもと》藩主の細川忠興《ほそかわただおき》が手紙に書いたことでもわかるように、大久保改易は本多正信の策略と見られていた。

「…………」

己の腹心を潰されることに唯々諾々《いいだくだく》と従った秀忠は、家康が死ぬなり牙を剝いた。

家康が残した駿河執政衆を弟で領国を譲られた頼信《よりのぶ》、のちの紀州徳川家初代頼宣《よりのぶ》の家臣として陪臣に落とした。

「日光《にっこう》から帰る途中、そなたの城で泊まる」

もちろん、本多正信の死を契機に、駿河付から江戸の老中となっていた本多正純《まさずみ》を秀忠は許さなかった。

家康の墓所がある日光へ参拝した後、本多正純の城へ宿泊するとして用意を命じ、江戸から離した。そして、いざとなったとき、本多正純に疑いがあるとして泊まらず、江戸へ逃げ帰った。

「躬《み》を害そうとした」

秀忠を城のなかで殺そうとしたとして、本多正純を咎め、改易、流罪と大久保忠隣が科されたのと同じ罰を与えた。

「今まで、よくぞ耐えた」

本多正純を幕政から退けて、その影響が消え去った寛永《かんえい》二年（一六二五）、忠隣の孫大久保忠職《ただもと》が騎西《きさい》二万石のまま蟄居《ちっきょ》を解かれて大名として復帰、七年後に五万石で美濃加納《みのかのう》、さらに七年後七万石で播磨明石《はりまあかし》へ、十年後には八万三千石で唐津へと順調に立身、跡を継いだ加賀守忠朝の代に、老中となり下総佐倉に九万三千石を領するまでに戻っている。

「本多は没落した。今では幕政に影響を及ぼすことさえできぬ。だが、祖父忠隣公が配流の地で亡くなられた無念、父がその死に目にも会えなかった寂しさはどうするのだ。その間も加賀の本多は三万石から五万石という大名並の禄《ろく》をもらい、飢えることも震えることもなく、のうのうと過ごしていたのだぞ」

大久保加賀守が唇を噛んだ。

「枝葉くらいは見逃してくれようが、加賀の本多はならぬ。加賀は二代将軍秀忠さまの血を引いている。いつまた加賀から将軍をという話が起こらぬとも限らぬのだ。もし、加賀の本多が執政として江戸に戻ってきたら、大久保家はまた……」

加賀の前田家は百万石ながら、外様である。徳川幕府として、外様の大藩はいつ敵になるかわからないという警戒をしなければならない相手であり、できれば取りこんでしまいたい対象であった。

それが二代将軍秀忠の娘珠《たま》姫の輿入《こしい》れとなり、加賀は徳川の血を引いた孫の光高《みつたか》、曾孫《そうそん》の綱紀《つなのり》と二代続けて藩主となっている。

いわば徳川の血を押しつけたのだが、それが面倒を引き起こしていた。

三代将軍家光《いえみつ》に子がなかったとき、甥の光高を養子にしようとしたのである。幸い、家光に男子家綱ができたおかげでこの話は流れたが、続けて跡継ぎのないまま家綱が病に倒れたため、綱紀を江戸へ迎えようという動きが生まれた。

これも老中堀田《ほった》備中守正俊《びっちゅうのかみまさとし》の献身で防がれたが、今後もうまくいくという保証はない。

羹《あつもの》に懲《こ》りてなますを吹く。

一度痛い目に遭ったものは、怖《おそ》れなくてもよいものまで怖《こわ》がる。

まさに大久保加賀守がその状況にあった。

「なんとかして、上様の御前で恥を掻かせ、二度と江戸へ出てこようなどと思わぬようにいたさねばなるまい」

大久保加賀守が、ぐっと手を握りしめた。

三

留守居役というものは、長く役職を務め、世の甘いも酸《す》いもよく理解している老練な者が任じられる。

これは、藩外との交渉を担当する留守居役が、人付き合いが下手《へた》では満足に役目を果たせないからだ。

他にも交渉の場での遣り取りで、怒りを見せたり、ぎゃくに侮《あなど》ったりしては、その留守居役だけではなく、藩まで甘く見られてしまう。

留守居役は役目で遊びにいけるとうらやむ者も多いが、自前の金で遠慮なく楽しめるわけではない。自藩より格上の老中や御三家の留守居役との宴席は、呑まなければ無礼になる。招いた席で用意されたものを飲み食いしないのは、毒を盛っていると疑っているととられて当然だからだ。

留守居役の対応次第で、藩に利が生まれ、損失が生じる。

「…………」

加賀藩上屋敷留守居控えの間では、老練な留守居役たちが頭を抱えていた。

「どういたせばいい」

「強気に出るべきか」

「貸しにして、今はそっとしておくほうがよいのでは……」

留守居役肝煎《きもいり》六郷大和《ろくごうやまと》を始め、五木などが困惑していた。

「瀬能の妻を取りあげようとしたというぞ。それで詫び状を書かれたのだろう、左近衛権少将《さこんえのごんしょうしょう》さまは」

「実害はなかったと聞いた。なんとか穏やかに収めるべきだ。当家として、同じ江戸城大廊下詰めでもあり、藩境も接している隣藩と決別するのはまずかろう」

留守居役としては歳嵩《としかさ》になる者が大事にすべきではないと言った。

「なかったことにしろと」

「そこまでは言わぬが、詫び状など持っていて碌《ろく》なことにはなるまい。さっさと返してしまって、越前《えちぜん》に恩を売るほうが、将来を見据えたときによいと思う」

六郷に確かめられた歳嵩の留守居役が述べた。

「待て、沢本《さわもと》」

五木が割って入った。

「藩士が斬られかかり、その妻が奪われかけた。それをどうする」

「どちらもなんともなかったのであろう。あえて騒ぎにするほどでもあるまい」

沢本と呼ばれた歳嵩の留守居役が重ねて言った。

「本多翁の姫ぞ」

「それがどうした。藩にとって誰の娘であろうが、同じだろう。なにより本多翁は藩老ぞ。藩のためならば娘のことくらい……」

「瀬能の嫁だそうだぞ」

「偽りだろう。瀬能は千石、本多家は五万石、身分が違いすぎる」

六郷の話を沢本が否定した。

「仮祝言《かりしゅうげん》はすませてあると」

「…………」

さらに重ねられて沢本が黙った。

「功績のある瀬能の妻を無視しろと」

「瀬能の功績など、どれほどのものぞ」

「表門騒動を理由に手出しをしてきた横山内記《よこやまないき》を抑え、後ろにいたであろうあるお方までを抑えたことをさほどのことではないと」

「そのくらい、誰でもできましょう。それができてこその留守居役でござる」

問うような五木に返した沢本が、続けた。

「聞けば、そのために瀬能は御老中堀田さまへの貸しを使ったとか。まったく、御老中さまへの貸しは、天下の貸し。それをそのていどのことで使うなど……まだまだ青いと申すほかございませぬな」

沢本が嘯《うそぶ》いた。

「そうか。もうよい。沢本は下がってよい。この場にいても意味なかろう」

六郷がこれ以上の話し合いには参加するなと手を振った。

「はて、どういうことでございましょう。拙者も留守居役でござる。留守居役同士の話し合いには加わってしかるべきかと」

「むっ」

正論には違いない。六郷が詰まった。

「六郷さま」

襖際《ふすまぎわ》に座っていた新任の留守居役が、顔色を白くして声をあげた。

「どうした」

「本多さまが、お見えでございまする」

問うた六郷に新任の留守居役が答えた。

「……本多さまが。お入りいただけ」

「待たれよ」

許可を出した六郷を、沢本が止めた。

「ここは藩の機密も扱う留守居役の控えでござる。たとえ筆頭宿老さまといえども立ち入りはなりませぬ」

沢本がまたも正論を口にした。

「…………」

六郷が言葉を失った。

「数馬、開けよ」

外から本多政長の声がして、控えの襖が開け放たれた。

「……お待ちあれ。ここは留守居役だけの場。宿老といえども遠慮いただきたい」

沢本が本多政長を制しようとした。

「ほう……」

すっと目を細めた本多政長が沢本から六郷へ目を移した。

「六郷、余人は入れぬとのことだが、それは誰でもか」

「誰でもでござる」

六郷ではなく沢本が応じた。

「殿の出入りも認めぬと」

「それは……」

江戸屋敷は前田綱紀のものである。綱紀の出入りを認めない場所などあるはずもなかった。

「殿は自在でございまする」

六郷が詰まっている沢本に代わって問題ないと告げた。

「ならば、殿より代理を務めよとの御命をいただいておる余はどうなる」

「もちろん、問題ないかと」

訊いた本多政長に、六郷が返答した。

「殿より、出府《しゅっぷ》にあたるおり、江戸における代行を命じられておる」

「はっ」

頭を垂れた六郷が、上座を譲ろうとした。

「六郷どの、証《あかし》もなしにそれはいかがかと」

まだ沢本が反抗した。

「確かめるがいい。国元へ足軽継《あしがるつぎ》を出させよう。よい加減面倒になってきたしの。まったく、殿もこれくらいは予想なさっていたろうに、書付の一枚もくださらぬとは」

嫌そうな顔で本多政長がぼやいた。

「やはり証はございませぬな」

勝ち誇った顔で沢本が言い返した。

「六郷、越前の件だがの」

やはり沢本を相手にせず、本多政長が話を始めた。

「……むしり取れるだけむしり取れ」

「それは手加減は要らぬと」

本多政長の言葉に、六郷が驚きながらも確認した。

「そうじゃ」

「なにを言われるか。越前家は当家にとって」

うなずいた本多政長に沢本が食ってかかった。

「数馬」

「………」

本多政長の後ろに控えていた数馬が、沢本の右腕をねじり上げて、押さえこんだ。

「い、痛い。なにをするか、瀬能。先達への暴力は許されぬ大罪《たいざい》ぞ」

沢本が泣きそうな顔をしながらも数馬を怒鳴りつけた。

「つまみ出せ」

「はっ」

冷たい声で命じた本多政長に数馬が首肯し、沢本を廊下へと連れ出した。

「離せ、離せ。儂は留守居役ぞ。控えにおる権がある」

「免じる」

わめく沢本に、本多政長が宣告した。

「なっ……」

「殿より江戸を預けられておる。そなたのような役立たずは不要じゃ。長屋に戻り、身を慎んでおれ」

目を剝いている沢本に、本多政長が追い打ちを喰らわせた。

「村井《むらい》、よいな」

「承知いたしましてございまする」

廊下に控えていた次席江戸家老《じせきえどがろう》村井次郎衛門《じろうえもん》が首を縦に振った。

「なにを、村井どの」

「襖を閉めろ、うるさい」

まだ抵抗をする沢本を断じた本多政長が指図をした。

「はっ」

数馬が襖を閉じた。

「まだうるさいの。六郷、あやつのしてきたことを調べておけ。あのていどの輩《やから》が留守居役であり続けたなど、あり得ぬ」

「はっ。急ぎ」

本多政長の指示に、六郷が応じた。

「さて、さきほどの続きをしよう。どうやら、あやつも連れていかれたようじゃ」

廊下が静かになっていた。

「なぜ、越前松平《まつだいら》からむしり取れるだけむしり取れといったか。わかる者はおるか」

ゆっくりと本多政長が一同を見渡した。

「少しよろしゅうございましょうか」

六郷が声を出した。

「なんじゃ」

本多政長が六郷を促した。

「むしり取るということは、今後越前松平家との付き合いは破綻《はたん》してもよいと」

「気付いて当たり前か」

六郷の質問に本多政長が苦笑した。

「破綻するというより、なくなるだろうな」

本多政長が告げた。

「なくなるとは……」

その意味に気付いた六郷が蒼白になった。

「越前藩が潰れるということだ。正確には左近衛権少将さまが隠居なされ、新たなお方が継がれる、いや、一度潰して新たなる越前藩を創設するか」

「…………」

六郷が絶句した。

越前藩はその成り立ちから特殊であった。なにせ、藩祖が神君家康の次男で、三男の秀忠より長幼でいけば上になる。

生まれたときに双子であったためとか、容貌魁偉《かいい》であったからとか、原因ははっきりしないが、なぜか家康は次男の秀康《ひでやす》を嫌い、長く親子の対面もせず、家臣の家に預けっぱなしであった。さすがにひどいと長男信康《のぶやす》の仲介で、次男として公認したが、それ以降もいない者同然の扱いを受け続けた。その後信康が武田勝頼《たけだかつより》と内通しているとの疑いで切腹、徳川家の嫡男《ちゃくなん》がいなくなったのちも、秀康を家康は嫡子としなかった。

乱世でありながら、跡継ぎがない。もし、その間に家康が死んでいれば、徳川家は跡継ぎを巡って争いを起こして分裂、歴史の彼方に消えていたかも知れなかった。戦国武将としてしてはならないことをし続けた家康は、さらに秀康を冷遇した。

織田信長亡き後の天下人豊臣秀吉へ臣従するときの人質として、秀康を差し出したのだ。

このような経緯があり、秀康は徳川の家督から外された。

だからといって、秀康は徳川の一門には違いない。家康は関ヶ原の合戦の後、京の朝廷と大坂の豊臣を見張るため、秀康を越前の太守《たいしゅ》として封じた。

それだけ冷遇されておきながら、秀康はおとなしかった。武将としての実力は、十二分にあったが、幕府の指示に従い、不満を見せなかった。

だが、思うところはあったのだろう。秀康は女色に耽《ふけ》り、南蛮《なんばん》から渡ってきたばかりの梅毒《ばいどく》に感染、若くしてこの世を去った。

跡を継いだのが秀康の嫡男忠直《ただなお》であった。忠直は父の武を受け継いでいたが、耐えるということを学んでおらず、大坂夏の陣では抜け駆け禁止の軍令を破って、大坂城に一番乗りしたりもした。

「手柄を立ててしまえば、掟破りなんぞ消し飛ぶ」

乱世ならば、これも通じただろうが、戦国との決別とも言うべき大坂城攻めにこれはまずかった。

豊臣家を滅ぼせば、天下から戦はなくなり、規律に基づいた泰平を幕府が指導する。徳川家康はそう考えていた。

それに孫が違反しただけでなく、手柄さえ立てれば法などどうでもいいと広言している。これを認めれば、これからの政は失敗する。誰も身内に甘く、他人に厳しい政など受け入れてはくれないのだ。

結果、家康は忠直の手柄を無視し、加増しなかった。官位を従三位に進めたのと、茶器を与えただけで終わらせた。

それが忠直の不満を爆発させた。

「大坂城と百万石をいただきたい」

家康が死ぬなり、忠直は幕府へ要求した。

「認められず」

すでに大坂の陣の論功行賞は家康のもとで終わっている。神にたとえられた家康が決めたことを秀忠が変えることなどできない。

「兄を差し置いて本家を継いだ弟がなにを言うか。本来ならば、父が二代将軍であり、余は三代将軍であったのだ」

忠直はとうとう武家諸法度を無視し、参勤交代をおこたるようになった。

さらに領内で些細なことで怒りを爆発させ、領民、家臣を手討ちにするなど、乱暴が目立ち始めた。

「見逃せぬ」

ついに秀忠は甥を処分し、一度越前松平藩を改易にした。だが、これは書付の上だけのもので藩は忠直の弟忠昌《ただまさ》に受け継がせた。ただし、禄高は、減じていた。

四

「あの一件ならば、存じておりまする」

本多政長のいうところを知っていると六郷が首肯した。

「ですが、それでも越前藩はほとんどそのままで再立藩いたしておりましょう。潰れるとはいささか……」

本多政長の考えを六郷は納得しなかった。

「どうも考えるところが違うようだ」

「なにがでございましょう」

ため息を吐いた本多政長に、六郷が問うた。

「越前藩は形だけ潰されて、事実はそのまま存続するとそなたは思っておるな」

「はい」

「そこに穴がある」

認めた六郷に、本多政長が首を横に振った。

「幕府は巧妙ぞ。潰せば、その藩はなくなる。藩がなくなれば……」

「貸し借りは消える」

六郷が絶句した。

「たとえ城が同じであろうが、家老たちが変わらなかろうが、古い越前藩と新しくできた越前藩は別物になる」

「で、では、詫び状も」

「本人が死ねば、風呂の焚き付けにしかならんな」

焦る六郷に、本多政長が淡々と言った。

「まあ、さすがにいきなり殺しはすまいよ。愚かとはいえ、神君のお血筋だからの。だが、あの有様では隠居は避けられまい。隠居の詫び状では、意味がない。なにより、詫び状を表に出して騒げば、それが原因で左近衛権少将さまが乱心したと、責任をこっちに押しつけられかねぬでな」

「そこまで……」

六郷が蒼白になった。

「御上をなめるな。豊臣を滅ぼし、朝廷を押さえこみ、天下人となった神君家康公の作った幕府を侮るな」

本多政長が険しい口調で述べた。

「とはいえ、今すぐに越前を潰せるわけはない。一応とはいえ、越前藩は将軍の兄を始祖としている。潰すことはできるだろうが、いろいろと手順を踏まねばならぬ。将軍といえども御三家と越前家には気を遣わねばならぬ。なにせ、今の上様は傍系から入られたお方じゃ。権を振るうには、まだ無理がある。越後高田《えちごたかだ》でもわかるだろう。一度は評定を開かねばならぬ。だが、もうさほどの暇《いとま》はない。上様に詫び状をお見せしたからな」

「…………」

六郷が言葉を失った。

「な、なぜ……」

五木が震える声で本多政長に尋ねた。

「加賀藩を守るためよ」

本多政長が一言で答えた。

「一門を潰すとなれば、御上も全力を注がねばなるまい。さほど長くはもらえないだろうが、その間に加賀の態勢を整え直す」

「態勢を整え直すでございますか」

六郷が戸惑った。

「よくそれで留守居役が務まるの。やはり江戸は腑抜《ふぬ》けたようじゃな」

大きく本多政長がため息を吐いた。

「安房さま、それはあまりでございましょう。我ら留守居役一同、身を粉《こ》にする思いでお役目に励んでおりまする」

黙って聞いていた留守居役の一人が反論した。

「馬鹿者」

「黙れ」

上司が説教をしている間は、黙って頭《こうべ》を垂れる。それがもっとも正しい対処法である。

六郷と五木が留守居役を叱った。

「そなた、名は」

「江戸留守居役平木《ひらき》槍之介《やりのすけ》でございまする」

「平木か。そうか。数馬」

名を聞いた本多政長が、数馬を呼んだ。

「なにか」

後ろに控えていた数馬が、本多政長の正面へと膝で移動した。

「こやつは役に立つのか」

「な、なにをっ」

数馬に問うた本多政長に、平木が驚愕した。

「……ご一緒したことがございませんので、わかりかねまする」

怒らせるために訊いてきたとわかっている数馬は、内心の辟易《へきえき》を隠しながら首を横に振った。

「そうか。下がれ」

「はっ」

怒っている平木を放置して、本多政長が数馬に手で合図をした。

「安房さま、わたくしが無能だと言われるか」

平木が本多政長に迫った。

「いつ儂が役立たずだと言った。儂はそなたのことを知らぬ。ゆえに知っていそうな者に問うただけだ」

「それならば、肝煎の六郷どのに訊かれるべきでございましょう。瀬能のような留守居役としての経験が浅い者に問うのはいかがか」

平然としている本多政長に平木が文句を付けた。

「……………」

本多政長が冷たい目で平木を見た。

「な、なんでございましょう」

綱紀が爺と呼ぶ筆頭宿老に、氷のような眼差《まなざ》しを向けられて平静でいられるわけもなかった。

平木が怯《おび》えを見せた。

「役立たずと今確定したな」

「……………」

断言する本多政長に、平木が息を吞んだ。

「他人の話をちゃんと聞き、理解できないような者が使えるはずもなし」

「聞いておりました。ゆえに苦情を申しあげておるのでございまする」

理由を述べた本多政長へ平木がさらに迫った。

「六郷、五木、そなたたちと儂が会ったのはいつじゃ」

本多政長が二人に問いかけた。

「お目通りは、先日安房さまが江戸屋敷へお出での折にいたしましたが、お話をさせていただいたのは、今日が初めてでございまする」

「同じでございまする」

六郷と五木が答えた。

「数馬、そなたとはどうだ」

「初めてお目通りをいただいたのは……」

「義理とはいえ、親子間じゃ、もっと砕けよ」

六郷や五木に倣おうとした数馬を本多政長が嫌った。

「……初めて会いましたのは、加賀でございました。前田備後《まえだびんご》さまの出府のお供をする前、屋敷へ呼ばれ、そのまま一刻《いっとき》ほど話をいたしました」

「で、今は」

「ここ十日以上、寝食を共にいたしておりまする」

本多政長に促されて、数馬が語った。

「寝食を共に……たしかにの。同じ部屋で寝ておる」

「………………」

からかいを含んだ本多政長に、数馬は無言で抗議した。

「ふふ。さて、平木とやら、わかったか」

小さく笑った本多政長が平木へと目を戻した。

「……………」

平木がうつむいた。

「儂は留守居役をしたことがない。ゆえによくわからぬので、六郷、そなたに尋ねる。留守居役というのは、相手の言葉を理解せずとも務まるのか」

「いいえ、交渉相手の言葉だけでなく、表情、息遣い、汗が出ているかどうか、仕草などあらゆるものを見て、その真意、裏に隠された思いなどを見抜かねばなりませぬ」

六郷が答えた。

「申しわけございませぬ」

平木が本多政長からなにか咎められる前に、平伏した。

「ふん、危難を避ける能力だけはあるようだな。六郷、こやつはそなたに預ける。職を解くなり、そのまま使うなり好きにせよ。どちらを執っても儂が責任を持つ」

「かたじけのうございまする」

本多政長の言葉に六郷が礼を述べた。

「六郷」

「はっ」

完全に留守居役たちは本多政長の威に呑まれていた。

「聞けば、留守居役は主家がどこであろうとも、その場にいる者のなかでもっとも長くその役にある者が偉いそうだな。主君よりも先達を尊重するとか」

「……な、長年の慣習でございますれば」

六郷が額に汗を浮かべた。

「はあああ」

盛大に本多政長があきれの息を吐いた。

「おまえたちは誰から禄をもらっている。武士だと胸を張れるのは、誰のおかげじゃ」

「……………」

六郷がうつむいた。

「ただちにその悪弊を止めよ。留守居役は藩のためだけにある。他家の顔色を窺《うかが》うようなまねをするな。そなたたちは百万石の留守居役なのだ」

本多政長が命じた。

「それは無理でございまする。そのようなまねをすれば、たちまち加賀は孤立してしまいまする」

「孤立、それのどこが困る。孤高でよい」

「無茶なことを仰せられる。周りの助力がなければ、とても……」

六郷が顔色を変えて、本多政長に考え直してくれと願った。

「助力、誰が助力してくれるのだ。加賀を手助けできるほどの大名とはどこだ」

「御三家や薩摩《さつま》公、仙台《せんだい》公……」

問われた六郷が指を折った。

「御三家は大廊下で直接殿からお願いしてもらえばいい。薩摩や仙台とはどのような関係がある。せいぜい姫を嫁がせるか、もらうかであろう。前田に謀叛の疑いがありとなったとき、島津《しまづ》公が、伊達《だて》公がかばってくださるか」

「それは極論でございまする」

本多政長の言いかたには無理があると、六郷が首を左右に振った。

「では、問うとしよう。留守居役には近隣組、同格組があるという。近隣組は藩境を接するか、参勤交代で城下を通過する大名、同格組は家格が近い大名であったな」

「はい。参勤で城下を通過する大名家の場合は、宿泊を伴うかどうかで入っていたり、入っていなかったりいたしまする」

本多政長の理解の些細な違いを六郷が付け加えた。

「そうか。藩の片隅を街道が通っているくらいならば、あいさつするのもおかしいな。そもそも街道整備は御上の御命じゃ。誰が通ろうとも苦情を口にできぬ」

当然だなと本多政長が納得した。

「加賀と藩境を接しているのは、越前の松平、富山《とやま》前田、そして飛驒《ひだ》金森《かなもり》だ。あとはせいぜい城下を北国街道《ほっこくかいどう》が貫いている大名家だけ。そして同格組は御三家、越前家、会津《あいづ》松平、薩摩島津、仙台伊達、米沢上杉《よねざわうえすぎ》、彦根《ひこね》井伊、津藤堂《つとうどう》、岡山池田《おかやまいけだ》、因幡《いなば》池田、福岡《ふくおか》黒田、肥後《ひご》細川といったところか」

「概ねそうかと」

六郷が認めた。

「では……」

じっと本多政長が六郷を見つめた。

「ときくれてやる。儂が帰国するまでに答えを出せ。本当に加賀が付き合わねばならぬ相手はどこかをな」

「本当に付き合わねばならぬ相手……」

言われた六郷が、息を呑んだ。

五

大久保加賀守が手にした書状を握りつぶして、畳に叩きつけた。

「今更逃げるだと、横山内記めえ」

しわだらけになった書状を大久保加賀守はわざわざ立ち上がって踏みつけた。

加賀藩世襲江戸家老横山玄位《はるたか》の分家で寄合五千石の旗本横山内記を大久保加賀守は、大名への取り立てを餌に走狗《そうく》とし、前田家にいろいろと仕掛けさせていた。

横山玄位を譜代大名にする代わりに加賀藩にひびを入れさせようとしたり、加賀藩の表門騒動では評定所《ひょうじょうしょ》への訴追をさせたりした。

だが、そのどれもが失敗した。どころか、前田家の逆襲を受け、横山内記が目付《めつけ》の取り調べを受ける羽目になってしまった。なんとか咎めは避けられたが、目付はしつこい。とくに調べても罪にできなかったときは、その名前に傷を付けられたと執拗に追い続ける。公明正大たる目付が冤罪《えんざい》をしたとなれば、その権威が地に墜《お》ちる。それを目付は認められないのだ。

「至らぬところがございました」

罪は認めないが、疑われたにはそれだけのものがあったとして身を慎み、半年なり一年なり、他家との交流を避けることで目付への恭順を示す。

「殊勝である」

目付としてみれば、矜持が保たれればそれでいい。満足したら、もう許してやるとの意思が届く。

それまで身を潜めているのが旗本として生き延びるこつであった。

「横山家に手を出すな」

ここで大久保加賀守が走狗を失うまいと手を出すのはまずかった。目付は上役であろうとも監察する。それだけの権を与えられているという誇りが強い。とくにどこの役目でもなにかをするためにかならず要る上役の許可が不要で、報告も直接将軍家へできる。

目付の目通り願いは、たとえ老中といえども阻止できない。そこに大久保加賀守が裏から指示を出せば、どうなるかは自明である。

「どうして、そこまで横山内記をかばうのか」

目付の矛先《ほこさき》が大久保加賀守に向かう。

当たり前ながら、老中にまであがるには、要路へ賄賂《わいろ》も撒いている。便宜《べんぎ》をはかったりもしている。大久保加賀守も叩けば埃が出る。

触らぬ神に祟《たた》りなし、目付の気を引くことはしてはならない。これは大名、旗本、共通の認識であった。

「病ゆえ、療養いたしたく、お役に立てぬことを無念に思いまするだと」

大久保加賀守が横山内記の書状の中身をそらんじて、吐き捨てた。

どれほど本多家が憎かろうとも、老中が直接動くわけにはいかなかった。もし、老中が策を弄して加賀藩の筆頭宿老を害そうとしたなどとばれれば、幕府の面目は丸つぶれになる。

「陪臣にまで手を出されるか」

「天下の執政が私怨で動くとは」

どちらも大久保加賀守を老中とした将軍綱吉の悪評に繋がる。

「あのようなことをする者を信頼なさるとは……」

「やはり筋目が違うのはよろしくなかった。将軍になるのは御三家という神君家康公のご遺命を守らぬから、このようなことになる」

陰口はいずれ本人の耳に届く。

「愚か者」

傍系から入ったということを異常なまでに気にしている将軍綱吉が、この悪評を受け流せるはずもない。

「大久保加賀守に隠居を命じる」

それくらいは言い出しかねないし、それを止めることはできなかった。

将軍家の命というのもあるが、老中には天下の執政として一切の悪事にかかわらず、恣意《しい》に溺れることがないとの気質が求められる。老中が私腹を肥やそうと思えば、簡単にできてしまう。だからこそ、厳しい規律が課せられた。

つまりは、誰もかばってくれない。

それを避けるには、いざとなったら切り捨てられる手駒が必須であった。その手駒が逃げた。

「……腹立たしいが、どうにもできぬ」

横山内記へこれ以上かかわれば、かならず本多政長が出てくる。

「いつなりとても目通りを許す」

本多政長のことを気に入った綱吉は、登城勝手の許可を出している。

「お目通りはかなわず」

老中でさえ、綱吉との面談がかならず認められるとは限らないのに、本多政長はいつでも会える。

「いずれ、目立たぬころに横山内記に鉄槌《てっつい》を喰らわせてくれるわ」

大久保加賀守は腹立たしさを呑みこんだ。

「だが、このままではいかぬ……なれど手立てがない」

富山藩の家老近藤主計《こんどうかずえ》を使っての綱紀謀殺も失敗している。そして横山内記も離れた。結果として手駒を失った。大久保加賀守は手詰まりであった。

「なんぞ手立てはないか」

大久保加賀守が一人で悩んだ。

「本多との確執は知られている。藩にかかわりのある者は使えぬ。大久保の名前が出ては、本多を潰せたとしても、当家も傷つく。いや、共倒れになりかねぬ」

深く大久保加賀守が眉間《みけん》にしわを刻んだ。

「殿……」

近習頭《きんじゆがしら》が、廊下の外から声をかけた。

「なんじゃ」

苛立《いらだ》ちを含んだ応答を大久保加賀守がした。

「……新規召し抱えの者どもがお目通り願っておりまするが……後日といたさせまし

ようや」

主君の機嫌が悪いのを悟った近習頭が気を遣った。

「新規召し抱えの者どもか」

大久保加賀守が考えた。

一万石の加増を受けたことで、大久保家は相応の人材を抱えなければならなくなった。

「人手は足りておりますので」

すでに人余りの時代になっているが、それは通らなかった。

幕府の定めた軍役があり、それに応じた人員を抱えなければならない。

一万石でおよそ鉄炮《てっぽう》二十、槍持《やりもち》五十、騎馬十四騎、旗持三である。泰平が続いたことで、少なくても見逃されるようになったが、士分だけで十人、足軽五十人ほどは増やさなければならなかった。

だからといって、そのへんの浪人を適当に抱えるわけにはいかない。浪人は玉石混淆《ぎょくせきこんこう》、使える、使えないだけでなく、なにか罪を犯していないかどうかもわからないのだ。

藩士として召し抱えるというのは、以降、なにも問題がなければ子々孫々まで禄を給付し続けるということでもある。無能であろうが、怠惰《たいだ》であろうが、よほどでなければ、放逐《ほうちく》できなくなる。召し抱えたが、すぐに解き放ったというのも、人を見る目がないとして藩、あるいは藩主の悪評に繋がってしまう。

そこで新規召し抱えをしなければならなくなったとき、よほどの事情がなければ、藩士の兄弟、親戚、次男以降で元服《げんぷく》している子供などを優先した。それでもまだ不足するときは、かつて藩士であったが、家が大きく勢力を減じたとか、潰れたとかで藩籍を離れた者たちに声をかけた。

今回、新しく大久保家が追加した藩士で目見え以上の身分の者十二人のうち、二人が旧藩士の孫であった。

「旧臣の者もおるのか」

「はい」

「…………」

大久保加賀守が黙った。

「やはり後日に……」

「いや、いずれは目通りをさせねばなるまい。ならば、今すませてしまおう。新規召し抱えの者も、目通り叶わずでは、哀れである」

大久保加賀守が許可を出した。

「はっ。皆も喜ぶかと思いまする。では、ただちに」

近習頭が安堵の響きを口にし、召し抱えの者たちを連れにいった。

「大久保が減封されたことで放逐された者ならば、本多を恨んで当然。なにかあっても浪人ならば、当家はあずかり知らぬことにできるな」

大久保加賀守が小さく笑った。

第二章　屏風《びょうぶ》の裏

一

近くで控えさせていたのか、すぐに近習頭が新規召し抱えの者たちを連れて現れた。

「殿、お目通りを賜りますよう」

「襖を開けよ」

願う近習頭に大久保加賀守がうなずいた。

新規召し抱えは、当然のことながら無役である。家柄や身分にかかわらず、藩主御座の間には許可なく入ることはできない。

新規召し抱えの者たちが、廊下に平伏した。

「うむ。名を申せ。それと召し抱えにいたる経緯もじゃ」

「お目通りを許され、恐悦至極に存じまする。当家中老職猪田《いだ》作左衛門《さくざえもん》が次子、猪田次郎兵衛《じろうべえ》にございまする」

こういったときは、年齢ではなく格上から名乗りを始める。

「お目通りをいただき、感激いたしております。当家組頭佐藤一之輔《くみがしらさとういちのすけ》が弟、佐藤三郎《さぶろう》めにございまする」

次々に進み、残り二人となった。

「……相模守《さがみのかみ》さまのもとで近習を務めておりました鬼頭左衛門尉《きとうさえもんい》が孫、鬼頭一太郎《いちたろう》にございまする」

「……同じく相模守さまに祖父が仕えておりました。このたびは思し召しを賜り、感謝いたしております。山中信ノ丞《やまなかしんのじょう》と申しまする」

定番の挨拶の後名乗った二人は、旧臣の出であった。

「一同大儀」

全員が終わるのを見ていた大久保加賀守が、うなずいた。

「殿、この他に目見え以下の者が八名、このほどご厚恩を蒙りましてございまする」

目見えの最後を近習頭が告げた。

「励めよ」

「ははっ」

大久保加賀守の言葉に、十二人がそろって平伏した。

「一同、立ちませい」

近習頭が、新規召し抱えの者たちを引き連れて、去ろうとした。

「ああ、待て。鬼頭と山中は残れ」

それを大久保加賀守が止めた。

「……わたくしでございますか」

「はっ……」

名指しされた鬼頭と山中が戸惑った。

「なに、浪人だったころの話を聞きたいだけじゃ。気にするほどのことではない」

大久保加賀守が緊張するなとなだめた。

「お聞かせするほどのことではございませぬが、殿のお望みとあれば」

「拙《つたな》き話でもよろしければ」

叱られるのではないと知って、二人ともが安堵の表情を浮かべた。

「近う寄れ。そこでは話が遠い」

「殿、いきなりは……」

手招きをした大久保加賀守に、近習頭がいきなりそこまで信用するのは危ないと、警告を発した。

「大事ない。もうこの者どもは余が臣である。臣を信じずして、なんの主たり得るか」

大久保加賀守が首を横に振った。

「殿……」

「なんと」

鬼頭と山中が感極まった。

「なれど、そなたの気遣いはうれしく思う」

「いえ」

余計な口出しだと叱られることなく、逆に褒められた近習頭が、うれしそうに頭を垂れた。

「下がってよいぞ」

大久保加賀守が山中と鬼頭以外を下がらせた。

「さて、浪人の生活というのは、どのようなものだ」

大久保加賀守が二人に問うた。

「浪人というのは辛うございまする。なにもすることがございませぬ」

「わたくしの場合は、朝一番に職を求めに走りまわるのがきつうございました」

鬼頭と山中が口を開いた。

「……なるほどの。浪人というのはその日その日で喰える喰えぬかが違うのか」

「はい。雨でも続こうものならば、三日、四日水だけということにもなりかねませぬ」

山中が大久保加賀守の驚きに首肯した。

「わたくしの場合は、親戚がご奉公いたしておりましたので、そこからの援助で糊口《ここう》はしのげましてございまするが、決して楽ではございませんでした」

鬼頭が山中よりはましだが、それでも十分は喰えなかったと述べた。

「苦労であったの。せずともよい辛抱《しんぼう》をそなたたちに強《し》いてしまった。いかに本多佐《さ》渡守《どのかみ》の策にはまったとはいえ……すまなかった」

ほんの少しだけ大久保加賀守が頭を下げた。

「なんという……」

「畏《おそ》れ多い」

鬼頭と山中が慌てて、平伏した。

「まだ当家に復帰できていない者はおるのか」

「はい」

「幾人かは」

大久保加賀守に尋ねられた二人がうなずいた。

「そうか……まことに残念なことである。大久保家が小田原城主のままであったならば、そのような苦労をさせずともすんだものを。憎いは本多よ」

「殿、再出仕を許されたわたくしが言うべきではないと承知いたしておりまするが、なんとか、他の旧臣どもにも冥加《みょうが》をお与えいただけませぬか」

「旧臣を救いたいとは思うが」

「厚かましい願いとは存じております る」

悔やむ大久保加賀守に、二人が願った。

「なにとぞ、なにとぞ……わたくしの従兄弟《いとこ》が、お声をかけていただく日を夢見て待っておりまする」

「わたくしの叔父も、筆耕で命を繋ぎながら、お召し出しを願っておりまする」

二人が近い親戚を出して、手を突いた。

「そなたたちを迎え入れたことで、人は足りた。つまりは、禄の余裕がなくなったのだ。もし、そなたたちが禄を半減していいと申すのならば、二人は召し抱えられるぞ」

「……それは」

「なんとも」

先ほどまでの熱気はなくなった。

「今回は上様からのご厚恩を蒙ったおかげで、旧臣を召し出せた。しかし、禄に余裕がないというに新規召し出しは理由が要る。家中の者どもが納得するだけのな」

「納得するだけの理由でございまするか」

鬼頭が首をかしげた。

「今回は加増による人員増加という名目があった。それでも家中には、禄を離れて久しい浪人を迎え入れるのではなく、分家や別家で対応すべきという声が多かったのだ。もし、なにもないところで旧臣を仕官させてみよ、反発は家中からあがる。それでは、そなたたちも肩身が狭かろう」

「………………」

返事のしようがなく、二人が黙った。

「……逆を考えよ」

大久保加賀守が言葉を投げかけた。

「逆を考える……」

「……名分があればいい」

鬼頭と山中が顔を見合わせた。

「手柄を立てれば……」

伺うように鬼頭が大久保加賀守を見た。

「…………」

無言で大久保加賀守がうなずいた。

「手柄でございまするか。槍や剣、算盤《そろばん》の技ではなく」

「そのような使えるかどうか、仕官させてみなければわからぬものでは、皆の納得は得られまい」

怪訝な顔をした山中に大久保加賀守が念を押すように言った。

「誰からも文句の出ない手柄……」

「そうでなければ、旧臣の召し出しはできぬ。藩主といえども、無理は通せぬと知れ」

問うような鬼頭に、大久保加賀守が告げた。

「ですが、手柄を立てようにも、戦などございませぬ」

山中が戸惑った。

「戦国なれば、陣借りというのもございましたが……泰平では」

陣借りとはその名の通り、戦場に馳せ参じ一時的に配下として参加させてもらうことであった。

浪人でも戦場に参加することはできるが、一人で走り回っていては手柄を立てたかどうかの確認がとれなくなる。

「拾い首であろう」

討ち死にしている武士などの首を切り取り、己の手柄とすることを拾い首といい、功名として認められないのは当然のことながら、それ以上に蔑《さげす》まれた。

一騎討ちとか、衆人が見守るなかでの戦いとかだと証人は要らないが、そうでなければ、戦場での手柄には、証明してくれる人物が要った。

「拙者何々と申す者。ただいまこの者を討ち取りましてござる。ご証人いただけようか」

近くにいた者に頼む。

「しかと見届けましてござる。拙者何々家の某でござる。後日お入り用のときあれば、いつなりとてもお声をおかけくだされ」

武士は相身互いである。

「お見事でござった。何々の最期、見届けてござる」

なかには敵方でも証人となってくれるときもあった。

そこまでいかずとも、同じ大名家の家臣同士ならば、名乗りも要らず、目だけで通じる。なにせ戦っている最中なのだ。名乗りをあげている間に、やられるかも知れない。証人は欲しいが、その間に討ち取られては意味がなくなってしまう。

さらに信用のない浪人では、手柄は認められにくい。

それこそ、最初は敵方で参加していながら、戦況が不利だとわかって寝返って味方面してきているかも知れない。

これらの疑いをなくすために、戦前に陣借りを願う。

「見事であった。どうじゃ、当家に仕えぬか」

手柄を立てれば、そのまま召し抱えになることも多い。

そもそも陣借りは、戦後仕官させてくれとの意思表明でもある。

なにせどのくらいの手柄を立てたか、陣中に知られているのだ。反対する者などいない。

「陣借り……それに近いかも知れぬ」

「……どういうことでございましょう」

「お教えくださいませ」

首肯した大久保加賀守に、鬼頭と山中がすがった。

「きっと他言いたすな。もそっと近くまで来い」

大久保加賀守がふたたび手招きをした。

二

堀田備中守正俊は、老中首座として御用部屋を仕切っている。とはいえ、すべてのことを把握しているわけではなかった。老中首座がすべての政を担うのならば、他の執政衆は不要となる。それでは、次代を担う者が出てこなくなる。あるていどは担当の老中に任せ、判断に迷ったときなどに相談に乗る。これが老中首座としての役目だと堀田備中守は考えていた。

「よろしいかの、備中守どの」

老中稲葉美濃守正則《いなばみののかみまさのり》が、堀田備中守に声をかけた。

御用部屋は互いになにを扱っているかがわかりにくいように、屏風《びょうぶ》で仕切られている。他の老中に用があるときは、座を立って屏風をこえなければならなかった。

「美濃守どのか。なんでござろう」

老中首座とはいえ、堀田備中守は若い。綱吉を五代将軍に就任させた功績で老中首座となってはいたが、経験でいけば稲葉美濃守に遠く及ばない。

また稲葉美濃守は堀田備中守の養母春日局《かすがのつぼね》の孫にあたるというのもあって、ていねいな応答をしていた。

「これを上様にご説明を願いたいのじゃ」

稲葉美濃守が、堀田備中守に頼んだ。

「酒井河内守《かわちのかみ》どのをふたたび奏者番《そうじゃばん》に」

差し出された書付を読んだ堀田備中守が苦い顔をした。

「いささか早すぎませぬかの。逼塞《ひっそく》が解けたのは去年の十二月の末であったはず」

堀田備中守が書付を稲葉美濃守に返した。

酒井河内守忠明《ただあきら》は、かの大老酒井雅楽頭忠清の嫡男であった。父酒井雅楽頭の力で九歳で出仕、殿中儀礼を司った。だが、酒井雅楽頭が五代将軍擁立《ようりつ》での独断を綱吉に咎められ隠居したあと、襲封は許されたが、父の連座で逼塞を命じられた。

逼塞自体は半年で許されたが、酒井家代々の名乗りである雅楽頭は認められず、月次登城以外では、客も断り、外出も控えている。

ようは目立たぬようにして、綱吉の怒りが過ぎるのを頭を下げて避けている最中なのだ。

その酒井河内守に奏者番をさせたいなどと、綱吉に申し出るのは、援護どころか、止めを刺すことにもなりかねなかった。

「早いと仰せだが、果たしてそうかの。河内守は九歳で出仕、齢《よわい》も三十路をこえておる。奏者番となっても不思議ではなかろう」

稲葉美濃守が、どこに問題があると首をかしげた。

奏者番は譜代大名が出世するために経験していなければならない役目であった。役目としては、将軍家に目通りする大名、旗本の紹介、献上品の披露などであり、数百人いる諸侯の顔と経歴を覚えていなければならず、優秀でなければ務まらなかった。

幕初は奏者番から老中にいきなり引きあげられた者もいたが、今は就任した後、寺社奉行を兼任、その後若年寄や大坂城代副役などを経て、京都所司代、大坂城代、そして老中へと出世していく、まさに登竜門であった。

「なにより酒井は徳川家にとって格別な家柄。その当主を無役で放置しておくのは示しが付かぬのではないかと案ずる」

稲葉美濃守が理由を語った。

「…………」

堀田備中守が稲葉美濃守をじっと見つめた。

「美濃守どの、本心からそうお考えなのでござろうな」

「もちろんでござる。でなければ備中守どのに申し上げはいたしませぬぞ」

念を押した堀田備中守に稲葉美濃守がうなずいた。

「なれば、ご自身で上様にお話しあれ」

堀田備中守が拒絶した。

「それでござるが の……ちと別件で手が離せず」

「では、その別件とやらを預かろう」

「いやいや、これはお手をわずらわせるほどのものではござらぬ」

手を出した堀田備中守に稲葉美濃守が首を横に振った。

「断ろう」

堀田備中守が敬意を捨てた。

「なぜでござるかの」

「……なぜと問うか」

わざとらしく首をかしげた稲葉美濃守に、堀田備中守があきれた。

「まさかと思いますがの。執政の筆頭を務められるお方が、先代との確執をもとに名門を幕政から外そうなどとお考えではないでしょうな」

稲葉美濃守が窺うような目で堀田備中守を見つめた。

「ふん、そのようなことをするていどの者を、上様は老中首座に据えたと」

「…………」

堀田備中守に言われた稲葉美濃守が沈黙した。堀田備中守への非難は、綱吉への非難に繋がると理解したからであった。

「理由は一つ。余は酒井河内守を知らぬ。どのていどの者か、奏者番にふさわしいのか。それもわからず、名門だからというだけで推挙できるわけなかろうが」

「では、一度会ってやっていただき、人物を見極めていただきたい。近いうちに河内守を貴殿の屋敷まで行かせるゆえ」

「断ろう」

話をまとめようとした稲葉美濃守を堀田備中守が遮った。

「今度はなぜかの」

「そこまで河内守を登用いたしたいのならば、貴殿がなされればいい」

「先ほども申したが、今、別件で手が離せぬ」

「御座の間まで行き、上様に御拝謁を願い、上申いたしてくる。これだけのこともできぬほどか」

「さよう」

嘲笑する堀田備中守に、稲葉美濃守がしゃあしゃあと応えた。

「余はもっとそなたより忙しいわ」

堀田備中守が吐き捨てるように言った。

「それくらいは承知しておる。ただの、貴殿は上様とお目通りする機会が多い。そのついでにお願いしていただければよいのだ」

「ほう、ついでによいのか」

「…………」

失言だったと稲葉美濃守の顔がほんの少しだけゆがんだ。

「ついでよいならば、いたそう。ついでゆえ、吾は強く推さぬ。もし、上様がならぬと仰せられたら、それまででいいのだな」

「助けてやってはもらえぬか」

援護はせぬと告げた堀田備中守に、稲葉美濃守が求めた。

「それは推薦したおぬしの仕事であろう。もっとも上様が一度却下なされたならば、数年はおとなしくさせねばなるまい」

五代将軍綱吉は人の好悪が激しい。父の酒井雅楽頭のことを綱吉は蛇蝎《だかつ》のように嫌い、弊履《へいり》のごとく捨てた。

酒井河内守は、その延長で幕府から咎めを受けた。

だが、その咎めは半年で解かれている。つまり、綱吉は酒井雅楽頭を嫌っているが、その息子までは厭《いと》わしく思っていないのだ。

とはいえ、今回のことで「まだ早いわ」と怒ることもあり得る。そうなれば河内守のことを嫌うのは間違いなかった。

「将軍家と徳川四天王と呼ばれた酒井家の間がぎくしゃくしているのは、幕府にとってよろしくはないと存ずるが」

「もうそういう時代ではなかろう。先祖がなにをしたかではなく、本人がなにをなせるかである」

稲葉美濃守の考えかたを古いと堀田備中守が否定した。

「役目に戻られよ」

老中首座として堀田備中守が手を振った。

「……残念でござる」

稲葉美濃守がそう言い残して去っていった。

「…………」

堀田備中守は政務に戻り、黙々と案件を処理していった。

「……一旦、ここまでとする」

一刻（約二時間）近くして、堀田備中守が補佐していた右筆《ゆうひつ》に告げた。

「はっ」

首肯した右筆が片付けに入った。

「上様にお目通りを願って参る」

堀田備中守が書付をいくつか手にして、御用部屋を出た。

御用部屋はすぐに将軍と相談ができるよう、いつでも決裁を求められるよう、御座の間と隣接していた。

「通るぞ」

「……はっ」

将軍最後の警固である小姓番も老中を遮ることはできない。

「上様」

御座の間下段の間中央に腰を下ろし、堀田備中守が上段の間に座っている綱吉の機嫌を伺った。

「備中守か。ご苦労である」

徳川家には神君家康公以来、執政衆を格別な相手として敬意を表するという習慣がある。

綱吉が堀田備中守をねぎらった。

「畏れ入りまするが、ご裁可を賜りたく」

堀田備中守が持参した書付をあらかじめ用意されていた塗りの盆の上へ置いた。

「弥太郎《やたろう》」

綱吉がお気に入りの小納戸《こなんど》柳沢《やなぎさわ》弥太郎保明《やすあきら》に受け取ってこいと合図をした。

「はっ」

下段の間左隅に控えていた柳沢保明が、膝で動いて盆を受け取り、目よりも高く持ちあげて、綱吉の前まで運んだ。

「うむ」

ここでねぎらうと柳沢保明と堀田備中守の扱いが等しいものになってしまう。寵臣同士だからこそ区別を付けなければ問題になりやすい。綱吉は軽く首を上下させるに止まった。

「…………」

盆から書付を取りあげて、綱吉が目を通した。

「備中守。よろしかろうぞ」

「畏れ入りまする」

己が将軍となるために尽力した堀田備中守を、綱吉は信頼している。堀田備中守の持ちこんだ書付を綱吉は拒否しなかった。

その信頼を堀田備中守は知っている。それを当然だとは思わず、堀田備中守も忠節をおろそかにはしない。

「よきかな」

平伏した堀田備中守に、綱吉が満足そうにうなずいた。

三代将軍家光における松平伊豆守信綱《まつだいらいずのかみのぶつな》、阿部豊後守忠秋《あべぶんごのかみただあき》のような君臣の関係は、綱吉の理想とするところであった。

「上様」

堀田備中守が、綱吉の顔を見上げた。

「……弥太郎、他人が来ぬように見張れ」

その意味を汲んだ綱吉が柳沢保明に命じた。

「はっ」

すばやく柳沢保明が、御座の間の出入りを封鎖すべく、下段の間を出た畳廊下、入り側に移動した。

「そなたたちも遠慮せい」

綱吉が小姓たちに手を振った。

「……………」

小姓たちも従う。

将軍最後の盾としての矜持も、老中首座との密談には逆らえなかった。

どちらかの不興を買えば、免職されかねないのだ。

名門旗本しか小姓にはなれず、将軍側で目立つため、出世も早い。垂涎《すいぜん》の役目である小姓の座をそうそう失うわけにはいかない。

「……どうした、備中」

他人《ひと》払いを確認した綱吉が、堀田備中守を促した。

「一つお伺いをさせていただきたく存じまする」

「躬に訊きたいことがあると申すのか。なんである」

目上への質問には、礼儀として許可が要る。いきなり問うてもそれだけで叱られることはないが、軽く見られているとの不満を残すことになりかねない。寵臣たるには、細かい気遣いと、決められた礼儀を守ることが重要であった。

「酒井河内守の逼塞を半年ほどでお許しになられましたが……」

許しを得た堀田備中守が質問した。

「酒井河内守……ああ、あの雅楽頭の息子か」

すぐに綱吉が思い当たった。

「特段の事情はない。逼塞というのは、あまり長くさせるものではないと稲葉美濃守が最初に、酒井河内守を咎めるときに申しておったのでな」

「では、上様は酒井家を憎まれてはおられぬと」

「憎んでいる……そうよな。憎んでおるな。雅楽頭のことはの」

尋ねられた綱吉が答えた。

「では、酒井家につきましてはいかがでございましょうや」

「どうでもよい」

綱吉があっさりと言った。

「どうでもよいとの仰せは……」

「雅楽頭が生きておるならば、己がどれほどのことをしてのけたのかを思い知らせるために、酒井家を転封させたり、禄高を減らしたり、してくれようと思うが、死んでしまっては意味がないだろう。己の所業で家がひどい目に遭うとわからせねば、意味がない」

綱吉が語った。

「では、酒井家は従来通り、重用なさると」

「するわけなかろう。役目を与えれば、顔を合わせたり、名前を聞かねばならなくなろう。そのような不快な思いをするではないか」

確かめた堀田備中守に綱吉が声をあげた。

「なぜにそのようなことを問うのだ。そなた酒井となにか繋がりがあったかの」

「さきほど……」

綱吉が怪訝な顔を見せた。

堀田備中守は稲葉美濃守との遣り取りを述べた。

「ほう、名門を捨てておくのはもったいないか」

綱吉がにやりと唇を吊り上げた。

「上様……」

嫌な予感を感じた堀田備中守に、綱吉が告げた。

「酒井河内守を呼び出せ。明日の昼からでよい。あと合わせて、加賀の本多にも登城を命じよ」

「仰せのままに」

入り側にいた柳沢保明が、手を突いた。

三

酒井河内守の屋敷は上使を迎えて騒然となった。

「加賀の本多と並んで登城せよとはどういうことだ」

「稲葉美濃守さまへ問い合わせをいたせ」

四代将軍家綱の御世、大老酒井雅楽頭がもとで稲葉美濃守は老中を務めていた。いわば、上司と部下の関係である。その縁に没落した酒井家はすがり、なんとかふたたび表舞台に、いや綱吉の許しを得たと世間に表明できるお役就任を願ったのだ。

「当家だけならば、美濃守さまのご尽力が稔《みの》ったと思えるのだが……加賀の本多と一緒というのが解せぬ。加賀の本多が神君家康さまをして終生の友と言わしめた本多佐渡守さまが嫡孫だとしても、今は陪臣でしかない。その陪臣と同列のお目通りとはなにごとか」

「午後のお召しは凶事が慣例じゃ」

「いや、本多のことはお気に召して、登城勝手をお許しになられたという。上様は午前中政務にかかわられるのが通例。私《わたくし》の御用でお召しになるのは昼からであることが多い」

酒井雅楽頭のころから仕えている古参の家臣は殿中のことにも詳しい。

「ええい、わからぬわ」

それがより酒井河内守を混乱させた。

「殿……」

酒井雅楽頭のことで逼塞を命じられて以来、自主謹慎していた留守居役がおずおずと声を上げた。

「留守居役の高井田《たかいだ》か。なにかあると」

酒井河内守が発言を認めた。

「加賀藩の留守居役のお方とは、面識がございまする。そちらに探りを入れるのも一手かと」

高井田と呼ばれた酒井家の留守居役が提案した。

「ふむ。それはよさそうであるな」

聞いた酒井河内守がうなずいた。

「よし、すぐに加賀藩の留守居役と面談いたせ。もちろん、稲葉美濃守どのへも問い合わせよ」

酒井河内守が指図した。


加賀藩留守居役は本多政長に叱られて以来、むやみやたらと宴席に出向くことはできなくなっていた。

「越前藩から剝ぎ取れと仰せられてもどうすればよいのやら」

「まさに。そもそも留守居役にできることは、人付き合いぞ。付き合いを作り、太く育て、なにかのときの助けとする。その我らに付き合いを潰せと命じられてものう」

六郷も五木も難しい顔でうなるばかりであった。

「今、当家に要るもの、欲しいものはなんじゃ」

越前家からなにを奪うかではなく、加賀藩前田家に不足しているものから考えようと六郷が発想の転換を提案した。

「当家に足りぬものといえば……まず第一に殿のお世継ぎさま」

それに対して、五木がすぐに答えた。

「だが、それは無理だ。当家が百万石という大封を無事に維持できているのは、二代将軍の姫さまがお産みになられたお血筋であるからだ。養子を迎えるとなれば、少なくとも秀忠さまの系統でなければならぬ。越前松平家は、秀忠さまではなく、その兄秀康さまの系統。今の上様とは外れる」

長幼を重んじたはずの徳川家康が、それを最初に崩していた。関ヶ原の合戦で天下を獲り、幕府を開いた徳川家康は、長男亡き後の跡継ぎを次男秀康ではなく、三男秀忠にしたのだ。

当然、今の将軍綱吉も秀忠の孫に当たる。加賀前田家の当主綱紀も祖母が秀忠の娘珠姫であり、綱吉に近い。

代々将軍となる血筋、そして兄でありながら臣下に甘んじる血筋。言うまでもないが、そこには軋轢、遠慮、不満などの感情が絡む。

将軍家には、兄を押しのけてという後ろめたさが伴い、越前家には本来ならば将軍であったはずだという無念がくすぶる。

もし、家康が三代将軍選定のときに長幼を持ち出していなければ、まだよかった。

将軍家たる秀忠の家系には、兄秀康より優れていたから選ばれたのだという自負が宿り、秀康の系統には、及ばなかったという諦観が植え付けられる。

「我が系統は将軍の兄なり」

という自慢が、

「将軍家の一門であった」

に変わる。

これで越前松平家がおとなしくしていれば、将軍家も警戒を弱める。

徳川の名乗りを許され、本家に人なきときは、血筋を返すという御三家よりも、越前家は敵対しない一門として重用されたかも知れなかった。

加賀が無事なのも、今の将軍家と同根だからである。もし、綱紀が越前家関係から養子を迎えれば、幕府の、将軍綱吉の対応が変わることはまちがいなかった。

「なによりまだ殿はお若い。ご養子のことを考えるのは早い。となれば……」

「ご継室となりまするが……」

六郷の言葉に五木が告げた。

「越前家によき歳頃の姫はおられませぬな」

藩主松平左近衛権少将綱昌《つなまさ》は綱紀よりも若い。歳頃の娘などいるはずもなかった。

「子供も駄目、妻も駄目となると、他になにがある」

「領地を分割してもらうわけには参りませぬし」

六郷と五木が顔を見合わせた。

「……むしり取るものがございませぬ」

「ないな」

二人がため息を吐いた。

「留守居の衆、よろしいか」

廊下から襖越しに声がかかった。

「どなたか」

襖に近い留守居役が応じた。

「門番より、留守居の五木さまにお目にかかりたいと、酒井河内守さま御家中の高井田さまがお見えだと」

「酒井河内守さまの……高井田どの。ああ」

「知り合いか」

少し考えて思い当たった五木に六郷が問うた。

「まだ酒井雅楽頭さまがご当主であられたころ、何度か宴席でお目にかかった記憶がございまする」

五木が答えた。

「しかし、雅楽頭さまが上様の御不興を買い、酒井家が咎めを受けて以来、留守居役の方々も謹慎なされていたはず……」

留守居役はいろいろな情報を集めるのが役目である。大老まで務めた酒井家の零落も重々承知している。

「一応、酒井家の逼塞は解けていたな」

「はい」

確認した六郷に、五木がうなずいた。

「ならば、問題はあるまい。応対の間を使ってよい」

「そうさせていただきまする」

六郷の許可に五木がうなずいた。

留守居役は他藩の留守居役と交流するのが仕事であった。

基本は宴席や物見遊山《ものみゆさん》のついでに話をするが、藩邸に招いたり、招かれたりすることもある。かといって藩邸の客間では都合が悪い。藩邸の客間は留守居役ではなく、用人の管轄になり、使用するにはその許可を取らなければならない。また、藩邸の客間は藩主の客を応接するためのものであり、その身分あるいは用件によって、使われる部屋の格式が変わる。身分が高い、用件が重要であれば、藩主御座の間に近く、調度品にも凝った座敷となり、さほどの相手でなければ、玄関を入ったばかりの簡素な座敷になる。

しかし、留守居役の応対は、同格組、近隣組など普段から付き合いのある者ばかりなため、格式で上下をつけるわけにはいかない。なにせ、留守居役には、長く務めているほど偉いという独特の格がある。この格が大名同士の格と同じであれば問題にならないが、逆転してしまったときが問題になる。

「なぜ、あのていどの家の者を最重要な客間に通す」

「何々家の方を玄関脇であしらうとは、なにごとぞ」

留守居役のしきたりを知らない者が、騒ぎ出す。

それを防ぐために、留守居役には応対の間が与えられていた。

加賀藩前田家の応対の間は、玄関を入って少し廊下を進んだところにある。一応、藩邸のなかには他聞をはばかるものがあるため、案内は客のことをよく知っている留守居役がおこなった。

「ご無沙汰をいたしておりまする」

応対の間に入るなり、高井田が下座で平伏した。

「高井田どの……」

会っていたころは、大老の権力を背にかなり横柄な態度であった高井田の変化に五木は驚いた。

「以前は失礼をいたしましてございまする」

平伏したまま高井田が詫びた。

「どうぞ、顔をあげていただきますよう」

「お許しいただくまでは、このままで」

「…………」

高井田の要求に五木が黙った。

許すと言うわけにはいかなかった。言えば、過去すべての負債ともいうべき無礼を帳消しにしてしまう。立場が変わった今、貸しとなったそれを放棄するようでは、留守居役などやっていられない。

「ご用件は」

五木が声を固くした。

「…………」

思わぬ固い対応に高井田が詰まった。

「先日、当家では実利のない方々との交流を減らすこととなりましてな」

「実利のない……」

五木が本多政長に言われたままを伝え、高井田が息を呑んだ。

「お帰りをいただきましょう」

「……お待ちを」

五木が拒絶を見せ、あわてて高井田が顔をあげた。

「お詫びはあらためてさせていただきまする。本日は、お願いがございまして」

「どのような」

約束もなしに訪れたという段階で、なにか前田家を頼らなければならなくなったことは推察できる。

五木は静かに訊いた。

「貴家の宿老本多さまにお目通りをいただきたい」

本多政長も高井田も陪臣同士、さま付けでなくどので問題はない。だが、本多家は徳川家康の股肱《ここう》の臣を祖としている。紆余曲折があったことで前田家の家臣となっているが、本来ならば高井田の主君酒井家と同様、譜代名門大名となっていても不思議ではない。

なにより今回はものを頼むのだ。高井田が敬意を表したのも当然であった。

「宿老の本多にでござるか」

五木が眉をひそめた。先日の糾弾としかいえない本多政長の指導を思い出したのである。

「無理を承知でお願いをいたしまする」

「あいにく、本多さまのご都合を伺うのは、留守居役の仕事ではございませぬ。かならずとは言えませぬし、ご返事さえいただけぬこともございますぞ」

ならなかったときの責任を押しつけてくれるなと、五木が釘を刺した。

「そのときは潔くあきらめまする」

高井田が了承した。

「おるかどうかわかりませぬが……話だけはして参りましょう」

五木が腰を上げた。

「助かりまする」

「……ああ、これは貸しでございますぞ」

応対の間を出かけたところで、五木が振り向いて告げた。

「……やれ、貸し一つでは、割りが合わぬ」

本多政長には留守居役の有り様で叱られたばかりである。だからといって、いきなり他藩との付き合いを変えることはできない。何十年と繰り返してきた習慣が、身に染みついているし、加賀以外では本多政長の怒りなどどうでもいい話でしかない。

「…………」

重い気持ちを引きずりながら、五木は数馬の長屋へと足を運んだ。

四

本多政長の江戸屋敷にも綱吉からの召喚状は届いた。それを軒猿が、瀬能数馬の長屋で寝転がっている本多政長のもとへ運んできた。

「上様からの」

勅書を受け取るわけではないので、さすがに斎戒沐浴《さいかいもくよく》まではしないが、本多政長は起き上がって、洗顔手洗いをしてから、召喚状を拝した。

「拝見仕りまする」

本多政長が封を解いた。

「……ほう」

読み終えた本多政長が、面白そうな顔をした。

「義父上……」

将軍家の書状ということで、同じ座敷に陪臣がいるのもよろしくないと、廊下に出ていた数馬が、本多政長の表情を見て警戒を強めた。

「数馬、なんじゃその面は」

本多政長が咎めた。

「失礼ながら、義父上がそのようなお顔をなさったときは、碌なことにならぬと学びましたので」

「言うようになったの」

平然と言い返した数馬に、本多政長が苦笑した。

「上様の御用を聞かせてやろう。控えよ」

「お断りをいたしたいのでございますが……」

「おあきらめなさいませ。大殿が一度言われた以上、かならずや巻きこまれまする」

いつの間にか後ろに座っていた軒猿頭の刑部が、数馬に無駄な抵抗だと首を横に振った。

「知らぬ間に巻きこまれているよりましだぞ」

本多政長が刑部の意見にうなずいた。

「…………」

あきらめの顔で数馬が平伏した。

「明日昼に登城いたせ」

「……それだけでございますか」

拍子抜けだと数馬が顔をあげた。

「酒井河内守どのと同席せよとも書いてあるな」

「…………」

気を抜いたところに撃ちこまれた数馬が絶句した。

「酒井河内守どのというのは、かの雅楽頭どのが跡継ぎじゃな」

ずっと金沢にいても、本多政長の目は江戸も見ている。本多家が当主の交代を幕府へ伝えるとき以外使われない江戸屋敷に、軒猿が配されているのはそのためであった。

「そうでございまするが、なぜ義父上と……」

数馬が疑問を口にした。

「知らぬ。上様には上様のお考えがあるのだろう」

本多政長がわからないと首を横に振った。

「そういえば、お伺いしておりませんでしたが、上様とはどのようなお方であらせられましょうや」

この機にと数馬が尋ねた。

「上様か……そうよな。あっぱれ名君となられる素質をお持ちではある」

「それはなにより」

数馬は喜んだ。天下の主が暗君では、万民が辛い思いをすることになる。

「ただ、その素質を伸ばしてはおられぬ」

「勉学に励まれていたと聞いておりまするが」

数馬が問うた。

五代将軍になる前の綱吉は、儒学者林鵞峰《はやしがほう》をして、「お血筋でなければ、吾が学統をお継ぎいただいたものを」と言わしめたほど、学究に熱心であった。

「政と学問は違う」

本多政長が続けた。

「学問は先人の残したものを追究し、その真意を探る。あらたな解釈を生み出す者もいるが、どうやったところで、先人の考えのなかにある。しかし、政は違う。昨日までの正解が、今日は間違いになり、明日はまた正解になる。政は生きものである」

「政は生きもの……」

「それも質《たち》の悪い生きものだ。下手をすれば暴れ出して、国を潰す。首に縄を付けて支配しているつもりが、逆に操られているときもある。なにより、政は容易に人を死なせる。いや、殺すと言うべきか。少し気候が変わっただけで不作になるが、こればかりは人の手でどうにかできるものではない。将軍であろうが帝《みかど》であろうが、天気は思うがままにならぬ。まだ冷夏や長雨などはいい。あるていどの期間そういった状況が続くからな。不作になるだろうとか、洪水になるのではないかと対処する余裕がある。ああ、もちろん、これは政を為す者が、まともであった場合だぞ。馬鹿、あるいは己のことしか考えていない強欲な者が政を支配していたならば、憐《あわ》れむしかなくなる」

本多政長がため息を吐いた。

「ではなく、そこそこまともな者が政をしていても、不意の災害には備えられぬ。火山噴火、秋の大風、冬の嵐、そして地震。いつ来るかわからぬこれらへの対処は、どうしても起こってからになる」

「救荒米やお救い米とかは」

「あんなもんで足りるくらいのものなれば、天災とは言えぬ。その準備をしておらぬために被害が出たならば、それは人災である」

万一の備えをしておけばと言った数馬に、本多政長が鼻を鳴らした。

「加賀藩でも、お救い米の用意はある。だが、加賀と能登《のと》を合わせても三千石ほどじゃ」

「三千石……」

人一人生きていくには、最低でも一日三合の米が要る。三千石なれば、およそ百万日分になるが、一万人に配れば百日、三万人だと三十日しか持たない。寒さ厳しい冬ともなれば、もっと消費は増える。

士分以上の藩士だけで七千人、足軽や陪臣、小者、その家族も含めれば、四万人をこえる。そこに百姓や商人、職人などが加わるのだ。三千石などそれこそ日に照らされた雪のように溶けてしまう。

「数万人の民が飢えているときに、儒学が役に立つか。主に忠、親に孝、朋輩《ほうばい》に信などという題目が意味を持つか」

「それは……」

「人としてふさわしいおこないをと訴えて聞くのは、飢えがまだ浅いときだ。飢えが深刻になったとき、人は獣になる。獣に人の道を説《と》いても無駄じゃ。衣食足りて礼節を知るというのは真理である」

「…………」

無言で数馬は聞くしかなかった。

「政をするには、果断さが必須である。人の道を説くことも大事である。だが、それが民の耳に届いている間に、手を打たねばならぬ。慣例、前例、手続きなど後でいいのだ。無理を通し、落ち着いてから責任を取る。これが人の上に立つ者である」

「上様は違うと……」

「傍系であったという引け目と、儒学に染められた考え。御世になにもなければ、おそらく名君と後年讃えられよう」

「天災がなければ」

「だけではない。そのていどならば天下の執政だと偉そうな顔をしておる連中がなんとかするだろう。いや、上様の耳に入らぬようにするだろう」

「それはっ……」

本多政長の言葉に、数馬は絶句した。

老中たちが将軍に目隠し、耳覆いをすると本多政長は言ったのだ。

「将軍はほとんど城から出ない。出たところで寵臣の屋敷を訪れるか、近隣で鷹狩りをするか、遠くともせいぜい日光へ参拝にいくくらいだ」

三代将軍家光までは、まだ城を出た。家光に至っては朝廷へ参内するため、京まで遠出している。だが、それも四代将軍家綱になると、なくなった。家綱があまり頑強ではなく、どちらかといえば病弱であったからであった。

そして一代でも城から出ない将軍がいると、それが前例になる。なにせ将軍の外出には手間と金がかかる。

経路にあたる御成道に面している町人の家や、商店を閉めさせなければならない。とくに将軍の行列を見下ろせる二階は封鎖しなければならない。

他にも道の穴を塞ぎ、馬糞やごみの類いを捨てなければならないし、町奉行所の者によって経路の安全が確認される。

他にも当日の警備を担う書院番組、新番組、小十人組などが出る。

これらの費用は莫大なものになる。

それでいて万一のことがあれば、責任を取らなければならなくなる。それも老中以下、町奉行、書院番頭など多岐にわたる。

そんな大事を誰も抱えたくはない。将軍の外出は避けられるようになっていく。

結果、世間知らずな将軍が生まれる。

「名君を作るも潰すも家臣次第……」

本多政長の言いたいことを数馬は悟った。

「酒井雅楽頭はその点でいえば、とても忠臣ではない。上様のお心を煩わせまいと蚊《か》帳《や》の外にした。いや、酒井雅楽頭より酷《ひど》いのは松平伊豆守、阿部豊後守ら三代将軍家光さまの執政どもよ。家光さまを世間知らずのまま終わらせてしまった。たしかに松平伊豆守も阿部豊後守も忠誠心に溢れた家臣であったろう。家光さまの御身大事と考えすぎた結果が、世間の実状をお報《しら》せせず、ご威光をもって天下は安寧、民は繁栄、皆上様に感謝しておりまするると偽った。その陰で大名潰しがおこなわれ、大量の浪人が出たことを隠した。その結果が、由井正雪《ゆいしょうせつ》の乱よ」

「由井正雪の乱といえば、天下に溢れる浪人を糾合し、江戸、京、大坂、駿河で挙兵し、幕府の転覆を謀《はか》ったという」

たいへんな事件が顔を出したと、数馬が驚いた。

「それよ。家光さまが亡くなられ、松平伊豆守や阿部豊後守らの手が取られ、天下の耳目《じもく》がそこに向いた隙を狙っておこされた謀叛じゃ。機を見るにまさに敏、すさまじき軍略である。由井正雪の思い通りにことが進んでいたら、幕府は転覆していたろうよ。だが、由井正雪は人という者を見誤った」

「人を……」

数馬が怪訝な顔をした。

「天下に溢れる浪人の不満が、主家を滅ぼし、己から禄や知行《ちぎょう》を奪った幕府への恨みだけだと考えたことだ。きっかけさえあれば、天下の浪人は手を結んで幕府に立ち向かう。そう思いこんで策を編んだ。だが、浪人の不満は違った。多少は恨みもあったろうが、最大のものは、飯が食えぬ、飢えて死ぬかも知れぬという恐怖じゃ。だから、その恐怖がなくなれば、命を賭けてまで幕府に復讐する気はなくなった。それが訴人として計画を売った者を生んだ。口外してはならぬ蜂起で得られる褒美《ほうび》を語って、借財の日延べを求めた者を出した」

「仲間を売った、密事を漏らした……」

本多政長の話に数馬は息を呑んだ。

「血盟を結んだ者でさえ、裏切る。わずかな金、褒美のためにな。それが人というもの。もちろん、飢えて死んでも忠を尽くす者も多い。しかし、変節する者もそれなりにおる。この人の現実と醜さを施政者は知らねばならぬ。知らずに政はできぬ。己が正しいと思いこんでしまう。己のなすことが天下万民を安堵に誘うと勘違いする。そして……」

本多政長が一度言葉を切った。

「……上様には、その素質がおありになる。補佐する者が、しっかりせねば上様の御世は、地獄となりかねぬ」

「地獄……」

数馬が絶句した。

「いずれ、堀田備中守さまと話をせねばなるまいな。上様とはかかわりを持ってしまった。できることはしておきたい」

本多政長が強い眼差しで宣した。

五

数馬の長屋は大きくはない。国元に屋敷があり、江戸へ連れてきた者も少ないうえ、千石くらいの藩士は前田家で珍しいというほど大禄ではないからである。

「本多安房さまはお出でか」

一応格式として数馬の長屋には玄関がある。

「どなたか……これは五木さま」

家士として応答に出た石動庫之介が来客の名前を口にした。

「留守居役か」

「義父上に……」

その遣り取りはすべて奥まで聞こえていた。

「どれ」

すっと本多政長が立ち上がった。

「手間を省こう」

石動庫之介が来て、その報告を受けてから動くより早いと、本多政長が玄関へと向かった。

「お供を」

後ろに数馬も従った。

「なんじゃ、騒々しい」

「安房さま」

まだ家士と話をしている間に、本多政長が出てきた。五木が一瞬戸惑った。

「用件はなんじゃ」

面倒くさいのか、立ったままで本多政長が訊いた。

「……安房さまにお目にかかりたいと、酒井河内守さまの留守居役が参っております」

「ほう……」

礼儀を無視した対応に面食らった五木だったが、なんとか用件を口にした。

本多政長がおもしろそうに口をゆがめた。

「会ってどうしたいと」

「ただお目にかかりたいとだけ」

その先を促した本多政長に、五木が申しわけなさそうに告げた。

「ふん。それも言わぬか。まあ、用件はわかっておるがの」

本多政長がつまらなそうに述べた。

「で、留守居役としては会ったほうがよいのか」

「貸しが大きくなりまするゆえ、できればお願いをいたしたく」

問うた本多政長に五木が頼んだ。

「酒井家か。貸しを作っても損はない相手だな」

今は身を縮めているが、酒井の名前は大きい。いずれ、世に出てくるのはまちがいなかった。

「数馬を連れていってもよいな」

「はっ」

最近ほとんど留守居役としての仕事をしていないとはいえ、数馬は留守居役である。本多政長の要求を五木はためらうことなく了承した。

「では、着替えて参る」

他藩の者に会うとなれば、加賀前田家の宿老筆頭としての格を見せつけねばならなかった。

「お待ち申しておりまする」

五木がこのまま玄関で待機していると言った。本多政長の居所へあがって、湯茶の接待を受けたなど、後でどのような返しがあるかわからない。

「……待たせたの」

煙草《たばこ》を数服吸い付けるほどの間で、裃《かみしも》を身につけた本多政長が現れた。

「お早い……」

偉くなるほど身支度《みじたく》には暇がかかるというのが、当たり前であった。

「戦場で敵に鎧《よろい》を着けるまで待ってくれと言えるか」

驚いた五木に、本多政長が応じた。

「戦場……」

「客の相手こそ、留守居役の戦《いくさ》だろう」

理解が及ばないといった風の数馬に、本多政長が語りかけた。

「無理を言うて来たのが相手でも、無駄に待たせればこちらの非になる。人というのはな、己が悪くとも対応が悪ければ不満を持つものよ。逆に、思っていた以上の対応をされれば、より引け目を感じてくれる。そうであろう」

「まさに仰せの通りでございまする。さすがは安房さま」

五木が本多政長を賞賛した。

本多政長が歩き出した。

「さて、いくか」

応対の間には留守居役しか入れないというわけではないが、使用中は遠慮するのが慣例であった。

五木に去られ、一人になった高井田は、空になった茶碗を何度も何度も口に運んでは、もとに戻すを繰り返していた。

「……なぜ、上様は酒井家と本多家を会わせようとなさったのだ」

高井田は独りごちた。

たしかに酒井家の先祖と本多家の先祖は、ともに徳川家康の覇業を助けた。だが、それも幕府ができてしばしの間までであった。

二代将軍秀忠の股肱の臣である大久保家と家康の腹心本多家は、幕府における政を奪い合った。

初戦は本多が勝ったが、二戦目は大久保が勝利した。すでに本多を幕府の心柱として重用してきた家康はこの世になく、後ろ盾を失った本多は三戦目を挑むことさえできなくなった。

「酒井家は、この戦にかかわっていない」

高井田が首をひねった。

本多と大久保の勢力争いに、酒井家だけでなく、徳川四天王といわれた本多忠勝家、榊原家、井伊家は傍観者を決めこんでいた。

「高井田どの、入りますぞ」

廊下から五木がつごうを訊いた。

「どうぞ」

高井田が応じた。

「……お入りを」

襖を開けて、五木が本多政長を促した。

「うむ」

本多政長が応対の間に足を踏み入れた。

「……本多さま」

一瞬で高井田が悟った。それほど本多政長の雰囲気は違った。

「用じゃそうだが、なにかの」

名乗りもせず、腰を下ろしもせず、本多政長が高井田に問うた。

「…………」

立ったまま問いかけるなど、非礼の最たるものである。あからさまな格下扱いに、高井田が絶句した。

「なにもないか」

すっと本多政長が、背を向けた。

「えっ」

客などいないといった態度の本多政長に、高井田が啞然《あぜん》となった。

「安房さま」

さすがの五木が絶句した。

「用もないのに呼び出すな」

本多政長が五木を叱りつけた。

「……いえ、なかに酒井河内守さまの留守居役どのが……」

「用件を問うたが、なにも言わぬ。これが留守居役だと」

「それは違いまする。安房さまの」

嘲笑を浮かべる本多政長を五木がたしなめようとした。

「そなた、余を下座へ控えさせるつもりであったか」

無礼を咎めようとした五木に本多政長が怒りを見せた。

「畏れ多くも上様より、登城勝手をお許しいただいている余である。これは諸侯に準ずる扱いであるぞ。その余よりこやつが上か。つまり上様の思し召しよりも酒井河内守家の留守居役が格上だとそなたは申すのだな」

「……………」

五木が顔色をなくした。

強引ではあるが、まちがってはいない。綱吉のお気に入りで五万石の当主となれば、酒井河内守と同列、いや、咎めを受けたぶん、本多政長が上と言える。

本多政長を案内したとき、入室を促す前に高井田を説得しておかなかった五木の失敗であった。

「ご無礼を仕りました」

そこまで聞いた高井田が、あわてて下座へと移った。

「気づかぬまねをいたしましたこと、深く深くお詫びいたしまする。どうぞ、五木さまの責を問われませぬようにお願いをいたしまする」

高井田が平伏した。

「五木、きさまは下がれ。留守居役なら数馬がおる」

今日のことから外すと本多政長が命じた。

「……はっ」

手を振られた五木がそそくさと去っていった。

「さすがは留守居役じゃ。厚顔無恥《こうがんむち》に過ぎよう。儂にここまで言われておきながら、言い返すことさえせぬとはな」

上座へ腰を下ろした本多政長があきれた。

「安房さま……」

他家の者がいるところで、義父呼びはまずい。数馬が苦言を呈しようとした。

「武士の矜持を失って、なんの留守居役か。お家が軽く見られたならば、その場を去らずに相手を討ち果たし、切腹する。それでこそお家の名誉は守られ、他家から一目置かれる。そうであろう、酒井家のご家中」

数馬を制した本多政長が高井田に同意を求めた。

「……家の名誉を守ることこそ、留守居役の役目」

高井田が呟くように繰り返した。

「殿が不在の代わりをする。だから留守居役ではないのかの」

「……いえ、仰せの通りでございまする。あらためまして、酒井河内守が家臣高井田佐近《さこん》と申しまする。本日のこと伏してお詫び申しあげまする」

五木を叱る形で、己を咎めていると気づいた高井田が、深く頭を下げた。

「加賀前田家本多安房である。よくぞお出でになられた」

二人が名乗りを交わした。

「加賀前田家留守居役瀬能数馬でございまする」

少し遅れて、数馬も名乗った。

「さきほどは無礼をいたした。詫びをさせていただく」

「いえ、こちらこそ、不意のお願いでございましたのに、礼を欠きましたこと申しわけなく存じております る」

高井田が頭を下げた。

「さて、ご用件だが、上様のお召しについてでござろう」

「さようでございまする」

本多政長の確認に、高井田がうなずいた。

「ご存じの通り、当家は上様のご勘気《かんき》を買っております る。なんとか逼塞はお許しいただきましたが、まだお召しをいただけたとは思っておりませぬ」

高井田が語った。

「動いてはおられるのであろう」

「……それは。はい」

少し考えたが、高井田が認めた。

「上様の真《まこと》からのお許しは、酒井家がお役に就いてこそだと考えまして」

裏で動いていることを高井田が述べた。

「そう思われて当然であろう」

本多政長も同意した。

「あいにくだが、余にも上様のお召しの理由はわからぬ。ただ登城せよとあっただけであるからな」

「さようでございますか」

首を横に振った本多政長に、高井田が落胆した。

「河内守どののことはできるだけ気にかけようほどに。それで辛抱してくれ」

「かたじけのうございまする」

本多政長の言葉に高井田が感謝を口にした。

「なにかあれば、この瀬能がお相手いたすゆえ、ご遠慮なく」

「よしなに願いまする」

「こちらこそ」

最初の険悪な状況は消え去り、三人が頭を下げあって終わった。

第三章　権の走狗《そうく》

一

大久保加賀守は、本多政長が登城してくるとお城坊主から報《しら》された。

「本多が……上様のご恩情に甘えおって」

「上様のお召しだそうでございまする」

勝手登城したかと考えた大久保加賀守の憤懣《ふんまん》に、お城坊主が首を左右に振った。

「……お召しか」

苦々しい顔をしても、それ以上は言えない。言えば、綱吉を非難することになる。

「またお話か」

綱吉は本多政長を呼んで、昔の話を聞くのを楽しみにしている。それかと大久保加賀守がため息を吐いた。

「いえ、本日はいささか趣《おもむき》が違うようで」

大久保加賀守に金で飼われているお城坊主が首を横に振った。

「違う。では、なぜだ」

「酒井河内守さまとご一緒のお召しだそうで」

「……酒井河内守か」

老中は大名を呼び捨てにできる。どころかその方呼ばわりしている。

「稲葉美濃守どのがかかわっておったはずだが……訊いてみるか。ご苦労であった」

大久保加賀守がお城坊主に手を振った。

御用部屋へ入った大久保加賀守は、稲葉美濃守の屏風へ顔を見せた。

「美濃守どの、よろしいか」

「よろしゅうござる」

大久保加賀守の誘いに従って、稲葉美濃守が御用部屋中央に置かれた大きな火鉢の側へ移った。

冬でもこの大きな火鉢には炭が入れられない。冬にはそれぞれの屏風のなかに小ぶりの火鉢が入れられ、そちらで暖を取る。

この大火鉢は、火鉢というより紙代わりであった。

「…………」

無言で火箸を取った大久保加賀守が、火鉢の灰の上に河内守と書いた。

「…………」

ちらと大久保加賀守を見た、稲葉美濃守が同じように火箸を手にして、灰の上に奏者と記した。

この火鉢は密談用に遣われていた。

どれだけ小声で話そうとも、誰かの耳には何かしらが聞こえる。もちろん、他所へ呼び出しても密談はできるが、互いに忙しい老中である。他人目のないところまで移動して、密談をすませ、戻ってくるとなればかなりの手間を喰う。ここならば、すぐに終わるし、声は出ないので盗み聞きされることもない。灰に書いた文字は、火箸で撫でるだけで消えてしまい、跡形もなく消える。

政にはどうしても他聞をはばかることがあるため、こうして御用部屋に火鉢が置かれていた。

「…………」

火鉢を遣わず、無言で堀田備中守のほうを大久保加賀守が見た。

「…………」

稲葉美濃守が灰の上にばつ印を入れた。

それを見た大久保加賀守が、灰をならした。

「では」

「うむ」

二人の老中が離れた。

「備中守どの」

大久保加賀守が今度は堀田備中守を呼んだ。

「なんじゃ。美濃守の次に用とは」

堀田備中守が火鉢へと向かった。

「いえ、本日のお目通りに本多安房が入っておりまするが、ご存じでございますかな」

密談ではなく、普通に大久保加賀守が問うた。

「知っている」

「ご陪席はなさるかの」

「いいや、本多安房が来るときは、柳沢以外の同席はお許しにならぬ」

重ねて問われた堀田備中守が首を横に振った。

「聞いたところによると、酒井河内守もお召しだとか」

「らしいの」

堀田備中守が面倒くさそうにうなずいた。

「陪臣と譜代名門を同時に召される理由を存じておられるか」

「理由は知らぬ。ただ、河内守は、器量を自ら確かめると仰せであった」

大久保加賀守の問いに、堀田備中守が答えた。

「器量を……そこになぜ本多が」

「わからぬ。もうよいか」

首をかしげた大久保加賀守に、堀田備中守が苛立った。

「いや、お手間を取らせた」

大久保加賀守が軽く頭を下げた。

「少し出て参る」

堀田備中守との話を終えた大久保加賀守は、担当する右筆にそう告げると、ふたたび御用部屋を出た。

「坊主」

御用部屋の前には、訪れる者の取り次ぎをする御用部屋坊主が一人控えている。その坊主を大久保加賀守が呼んだ。

「御用は」

御用部屋坊主は、老中が諸役人を呼び出すときの使者にもなる。すぐに御用部屋坊主が尋ねた。

「本日の巡回目付はどこにおる」

大久保加賀守が問うた。

「お連れいたしましょうや」

どこにおると問われて場所を答えるようでは、御用部屋坊主は務まらない。御用部屋坊主が、先回りをした。

「黒書院溜《くろしょいんたまり》まで連れて参れ」

「ただちに」

御用部屋に近い密談用の小部屋で待つと伝えて、大久保加賀守は一度御用部屋へ戻った。

幕府の決まりにはなっていないが、老中は昼過ぎ、八つ（午後二時ごろ）を過ぎると、下城するという慣例があった。

これは最高権力者である老中が、どれほど忙しかろうが遅くまで残っていれば、下僚が仕事を終えられないからであった。

「……まだか」

さほど用がなく、午前中で終わってしまうような軽い役目の者でも、上司が仕事をしているのを尻目にさっさと帰途につくわけにはいかない。

「いつも昼にはいなくなるようだが、働いておらぬのではなかろうな。もしくは役目自体が不要なほど軽いのではないのか」

老中に目を付けられては、大事になる。老中にもなろうかという者が端役のことなど気になどしなそうに思うが、人というのはわからない。たまたま虫の居所が悪かったというだけで、首が飛ぶのが幕府なのだ。

かといって、それではさっさと終わるものでもだらだらと続けることになり、仕事の効率も悪くなる。なにより、無駄に城中でときを潰させると、暖房用の炭を含め、厠《かわや》の落とし紙などの使用も増える。

ようは無駄を省くために老中はさっさと下城しなければならないのだ。

言うまでもないが、昼過ぎで終わるほど天下の政は暇ではない。老中たちは、仕事を持ち帰り、屋敷で遅くまで処理を続ける。

だが、他職との調整が要る場合は、城中でなければ面倒である。

大久保加賀守は目付を呼んでくるまでのわずかなときも、無駄にせず執務へ戻った。

「加賀守さま」

どれほど経ったのか、書付に没入していた大久保加賀守に御用部屋坊主が声をかけた。

「……おお」

大久保加賀守が、御用部屋坊主の顔を見てから、腰を上げた。

「準備できたか」

「さきほどより」

他人にきかれても困らないよう、なにがともどこにとも言わないのが、老中であり、御用部屋坊主である。

「少し待て。これだけすませておく」

大久保加賀守が読みかけの書付に目を落とした。

「……これを勘定方へ返せ。金額が妥当かどうかをもう一度算せよとな。ああ、これを出した者ではない勘定方へ渡せ」

「そのように」

老中の補佐をする右筆が、大久保加賀守の指図を受けた。

「参る」

大久保加賀守が御用部屋を出た。

「……落ち着かぬやつじゃ」

それを堀田備中守がしっかりと見ていた。

幕府の正式な応接の間として使われる黒書院、白書院《しろしょいん》には、その準備の要員や道具を置くための小部屋が付随していた。

書院が使用されないときは、当然小部屋は無人になる。そこを溜と呼び、老中や若年寄が他職や大名と密談する場所としていた。

「待たせたか」

大久保加賀守が御用部屋坊主の案内で溜へ入った。

「いえ、ご多用は存じておりまする」

気にしていないと黒麻裃の目付が頭を垂れた。

「加賀守である」

「目付富山主水《とやまもんど》でございまする」

二人が名乗り合った。

「さて、互いに用を抱えている身じゃ。早速話に入る」

「はっ」

無駄話はせぬと言った大久保加賀守に、富山主水も同意した。

「本多安房が来ておる」

「加賀の宿老でございますな」

本多という名前は大名にも旗本にもある。さすがに安房という名乗りを使っている者はいないが、まちがえてはいけない。富山主水が念を押した。

「うむ。陪臣の本多である」

大久保加賀守がうなずいた。

「陪臣がお城を自在に歩き回るなど、許してよいのか」

「上様のお召しであれば、登城するのが当然でございまする」

不遜ではないかと言った大久保加賀守に、富山主水が問題ないと答えた。

「のう、富山。上様がお召しであるとはいえ、それに甘えて日をおかず、登城するのは陪臣ごときがしてよいまねではなかろう」

「……………」

大久保加賀守の意図を理解した富山主水が黙った。

本多家と大久保家の確執は広く知られている。目付になるほど優秀な富山主水である。大久保加賀守の真意がどこにあるかをあっさりと見抜き、聞かなかった風をした。

「目付の役目は、城中平穏であるな」

「はい。すべてではございませぬが、目付はお城の安寧を守らねばなりませぬ」

問われた富山主水が認めた。

「お城は上様のものである。と同時に御上の象徴でもある。何人たりとても、決して犯すことは許されぬ」

「…………」

今度は大久保加賀守がなにを言いたいのかわからない富山主水が沈黙した。

「陪臣に大きな顔をさせては、直臣《じきしん》どもの面目が立つまい」

「それはたしかに」

直臣と陪臣の間には、厳密な区別がある。三十俵の同心でも、他の大名の家老よりも席次は上になるのが幕府の決まりであった。

「なにも本多安房を捕らえよとか、罰しろなどとは申さぬ。ただ、陪臣が遠慮もなしに直臣の巣たる城中を闊歩《かっぽ》するのはまずかろう。這えとは言わぬが、せめて廊下の片隅を頭を垂れ、腰を屈《かが》めて申しわけなさそうに動くべきであろう」

「…………」

江戸城内で這うことは禁じられている。ために富山主水は同意をしなかった。

「違うかの」

「ご老中さまの仰せられたいことは、分をわきまえるべきだということでございましょうか」

確かめるような大久保加賀守に、富山主水が問うた。

「そうよ。まさにそれである」

大久保加賀守が大仰に褒めた。

「なかなかにできるな。そこに気がいくというのは大所高所に立つだけの素質がある」

「畏れ入りまする」

富山主水が褒め言葉に戸惑った。

「そなたのようにできる者を目付でおいておいては無駄遣いじゃの。目付はもちろん重要な役目であるが、それでも天下国家を担っておるわけではない。どうじゃ、そなたにその気があればだが、京都町奉行、いや長崎奉行をしてみぬか」

「長崎奉行……」

余得の多い長崎奉行は旗本垂涎の役目であった。

「いや、もちろんこれは踏み台じゃ。政に参加すべき人材であるからな。長崎奉行を数年した後、勘定奉行か町奉行にとは思っておる」

息を吞んだ富山主水を大久保加賀守が追い討った。

「町奉行……」

旗本として出世の頂点といえる役目に、富山主水が呆然《ぼうぜん》とした。

「では、任せるぞ」

頼むではなく、富山主水の判断に任せると言って、大久保加賀守は黒書院溜から去っていった。

「任せる……か」

富山主水は大久保加賀守の逃げに気づいていた。

「だが、この機を逃すわけにはいかぬ。十年目付をやった。憎まれるだけの他人の粗《あら》探しなどもう十分だ」

ぐっと富山主水が拳を握った。

二

目付は独立しているとされる。

若年寄の支配を受けるが、監察という役目柄、上司であろうとも訴追する。ときには幕府の最高権力者の老中、将軍家一門の御三家でさえ、咎めることができた。

いつ何時であろうとも将軍へ目通りを願うことが許され、老中といえども目付の行動に掣肘を加えることはできなかった。

といったところで、役人には違いない。

「生涯監察に身を捧げる」

「武士のありようを正す」

などと信念を持っているならばまだいいが、

「目付で功績を立て、さらなる高みに」

と野心を抱えている者にとって、上司を敵に回すのはまずい。

「このたび、お目付を任じられましてござる。ゆえに今後の交流を遠慮いたしたく」

役目に就くとき、親戚、友人と縁を切り、公明正大に務めると宣言するのが目付の慣例とはいえ、世間と隔絶できるわけではない。

目付はその権限が強すぎるためか、役高は千石とさほどではないのだ。

戦がなくなって、戦場での手柄が立てられなくなった今、出世するには役人としての功績だけが頼りになる。そういったことでいけば、他人の粗探しをする目付ほど手柄を立てやすい役目はないといえる。

だが、目付の手柄は他人から嫌われる。

「己の一門を罪に墜としたらしい」

「三河以来の名門を斟酌《しんしゃく》なしに潰したというぞ」

当たり前だが評判は悪くなる。

それでも手柄は手柄、信賞必罰は政の基本である。

「長崎奉行を命じる」

「京都町奉行をいたせ」

遠国《おんごく》奉行でもよいところへ行くことも多い。

そして、こういったいい出世には、引きが要る。いくら手柄を立てても嫌われ者の目付だと、その行く先は悪い。つまり、そこで終わる出世になる。

「御老中さまの思し召しとあれば」

大久保加賀守から話しかけられた目付富山主水は、独りごちた。

「城中巡回の最中であれば、本多と出会っても不思議ではない」

目付は直臣を監督するのが役目である。綱吉のお気に入りで五万石の主といえども、本多政長は陪臣なのだ。

わざわざ目付が出向いて、本多政長の粗探しをするのは、あまりに不自然であった。

だが、城中巡回中に偶然、本多政長が法度に触れるまねをしていれば、咎め立てられる。

目付最大の役目は城中の静謐《せいひつ》を保つことだからである。身分に関係なく、城中での出来事ならば、目付が対応する決まりとなっている。

「お台所を見回っておけ」

富山主水は配下の徒目付《かちめつけ》を遠ざけた。

綱吉のお気に入りに咎めを喰らわせるとなれば、まちがいなく綱吉の耳に入る。

「どういうことか」

当然、綱吉から問い合わせがくる。

「お目付さまが、ずっと本多さまのことを……」

などと徒目付に報告されてはたまらない。

なにぶんにも、目付の監査をするのは別の目付になる。同役として和気藹々《わきあいあい》など目付にはない。どころか、逆になんとかして、同僚の傷を見つけ、己の手柄にしようとする者ばかりなのだ。

そうなっては、身の破滅である。

「大久保加賀守さまに命じられまして」

言いわけを口にしたところでとおるはずもない。

「監察が恣意を持つなど論外である」

お気に入りの本多政長を陥《おとしい》れられた綱吉の怒りをまともに喰らう。

「切腹でも生ぬるい。目付という役目だけでなく、躬の面目にも泥を塗った。死罪を申しつける」

旗本にとって死罪は、なによりも厳しい。己の身一つですませることも可能な切腹とは違い、その罪は九族に及んだ。

家が改易になるのはもちろん、元服している男子は切腹、まだの男子は遠島《えんとう》、妻と娘は放逐になる。

「危ない橋を渡らねば、人もうらやむ出世はない」

富山主水が己を鼓舞するように独りごちた。

召された時刻よりもかなり早く登城し、主君の座である大廊下下段の間縁側外廊下で本多政長は、綱吉の呼び出しがあるまで端座し続けていた。

「それほど珍しいか」

あちこちから浴びせられる好奇の眼差しに、本多政長は辟易としていた。

江戸城に陪臣が登城することはある。御三家や越前松平家、甲府《こうふ》徳川家などに付けられたもと譜代大名や旗本からなる付け家老である。藩主が参勤交代で留守をしているとき、主君代理として登城する。

尾張《おわり》徳川の成瀬《なるせ》、紀州徳川の安藤《あんどう》などは、徳川家康が三河の一大名のころから仕えた譜代名門中の名門、それこそ老中や京都所司代を歴任してもおかしくない。

ただ不運だったのは、優秀すぎたため、徳川家康によって息子たちの扶育を預けられたことである。そのおかげで直臣格という名の陪臣にさせられた。

しかし、本多家は違う。

関ヶ原の合戦より前に、徳川家を離れ、宇喜多《うきた》、福島、上杉、前田と外様大名を渡り歩いてきた。

いかに出が徳川家康の謀臣《ぼうしん》本多佐渡守正信だとはいえ、他家に仕えているならば、陪臣であり、付け家老でもない。血筋が徳川にとって格別ということで、代替わり襲封のおりには、目通りを許されるが、それこそ何十年に一度でしかない。

長く江戸城に勤める者でも、本多政長の顔など見たことさえないというに、それが続けざまに登城してくる。それもすべて将軍の呼び出しとなれば、興味を持たれてもしかたなかった。

「本多さま」

ため息を吐きたいと思っていた本多政長の前に、お城坊主が手を突いた。

「なにか」

武士身分でさえないとはいえ、お城坊主は直臣になる。

本多政長がていねいな応答をした。

「酒井河内守さまが、少しお話をと」

お城坊主が用件を告げた。

「河内守さまが。上様のお召し待ちでござれば、あまり座を離れられませぬが、それでもよろしいのでしょうや」

呼び出しの者が来たときに、決められた場所にいないのはまずかった。

「それはわたくしが」

お城坊主が、呼び出し役は己がすることになっていると告げた。

「おおっ。なれば安心でござる」

本多政長が大仰に喜んだ。

江戸城へ上がることが多くなった本多政長はお城坊主への心付けをしっかりと手配している。その鼻薬が、このお城坊主にも効いていた。

「では、ご指示に従いまする」

本多政長がお城坊主に案内を頼んだ。

酒井家は、父雅楽頭が当主であったとき、執政の座と呼ばれる溜間詰めであった。しかし、酒井雅楽頭が大老を辞め、隠居したことで譜代名門大名の詰める帝鑑《ていかん》の間へと落とされていた。

大廊下と帝鑑の間は少し離れている。また、譜代大名ではない本多政長が帝鑑の間に足を踏み入れることはできない。

「こちらで」

お城坊主は大廊下と帝鑑の間の中間あたりになる空き座敷に本多政長を連れこんだ。

「あまりときはかけられませぬよう」

なかに向かってお城坊主が告げ、すっと離れていった。

「助かった」

すでに座敷にいた酒井河内守がお城坊主に礼を言った。

「酒井河内守でござる。本多さまでございまするか」

「本多でございまする。お初にお目にかかりまする」

名乗った酒井河内守に、本多政長がお城坊主へ対する以上にていねいな応答をした。

「どうぞ、若い者にお話しくださいますようにしてくださいませ」

敬意は不要だと酒井河内守が手を振った。

「お気遣い感謝いたす。では、遠慮なく。本日のことでござろうか」

「はい。どのようなことを上様からご下問《かもん》賜るのかと」

言葉遣いを変えた本多政長の確認に、酒井河内守が首肯した。

「昨日の高井田どのにも申しあげたが、我ら卑賤《ひせん》の身で上様のご真意を慮《おもんぱか》るなど、とんでもないことでござる」

本多政長が首を左右に振った。

「本多さまでもおわかりになりませぬか」

「申しわけございませぬが。ですが、上様はご名君でございまする。たしかに酒井家には先代雅楽頭さまのことがあり、いささか思われるところはお持ちでございましょうが、それでどうこうなさることなどございませぬ」

本多政長が綱吉を持ちあげた。

「…………」

「まだご不安かの」

安心させるように本多政長が、黙った酒井河内守に笑顔を見せた。

「隣で控えておりますぞ。きっとお役にたとうほどにな」

「かたじけのうございまする」

酒井河内守が感動した。

三

本多政長が江戸城に上がるとき、数馬はかならず留守居役の控えである蘇鉄の間で待機していた。

「筆頭宿老を助けよ」

留守居役として足りぬ数馬を役目から外す口実として、本多政長の相手を命じられたというのもあるが、なにより、なにをしでかすかわからない義父を見張り、いち早く対応に動くためであった。

「瀬能どの」

数馬を見つけて堀田備中守の留守居役が近づいてきた。

「これは葉月《はづき》どの」

数馬がていねいに応対した。

葉月冬馬《とうま》は数馬が、加賀藩最大の危機に対応するため助力を願った相手であった。以降、顔を合わせば話をする仲となっている。

「本日もお見えだそうでございますな」

誰とは言わず葉月冬馬が述べた。

「…………」

無言で数馬が肯定した。

本多政長の名前をどちらも口にはしなかった。

蘇鉄の間には、各藩から出された留守居役が詰めている。表向きの理由は、幕府から出されるお手伝い普請《ふしん》や転封などの内示を受け取り、持ち帰ってその準備をするためであるが、それ以上に重要な役目があった。

他藩の様子を探り、話のなかから役に立つものを拾い出す。

すべての藩とはいかないが、多くの留守居役が集まる蘇鉄の間は、まさに重要なところである。

なにげない世間話に誰もが聞き耳を立てているだけに、日常会話にも気を遣う。

蘇鉄の間こそ、留守居役の戦場といえた。

そんなところで、今、注目されている本多政長の名前など出そうものなら、一気に衆目を集めることになってしまう。

「殿から聞きましたところによりますると、河内さまをお召しになるときに、同席させようと仰せになられたとか」

「…………」

さすがに酒井河内守の名前を口にしないわけにはいかない。小声になった堀田備中守の留守居役に数馬は無言ながら驚きを見せた。

「どのようなお話をなさったか、後日にでも……」

「わかりましてございまする。よき酒を出す店を存じておりまする。一度、ご一緒願えれば幸いでございまする」

綱吉の考えだったと教えてもらっただけでも助かる。老中たちが絡んでいないとわかるだけでも、後からの挨拶などをしなくてすむ。

これも小さいとはいえ、借りになる。

数馬は堀田備中守の留守居役の求めに応じた。

「ああ、脇から失礼いたす」

不意に声が割りこんできた。

「……鈴木《すずき》氏」

堀田備中守の留守居役が、すぐに相手が誰かを口にした。

「葉月どの、ご紹介いただけまいか」

鈴木と呼ばれた留守居役が、数馬を見た。

「お知り合いではなかったか」

「初めてでございまする」

訊いた葉月冬馬に数馬がうなずいた。

「どうぞ」

数馬がかまわないと葉月冬馬を促した。

「なれば……」

話を終えようとしたところに無理矢理入りこんできた鈴木を断ることもできる。留守居役は藩を代表して交渉をする役目、加賀前田家と堀田備中守家の遣り取りに他家のものが口を挟むのは御法度に近い。

婚姻や養子縁組など両家だけの問題とか、次のお手伝い普請や勅使接待などに当てられぬように手を組むなど知られたくない用件も多いのが留守居役である。いくら他家に内容を知られないようにしていても、外から口を挟むのは褒められた行為とは言えなかった。

だからといって、顔見知りを無視はしにくい。無下《むげ》に扱えば、かならずどこかで仕返しをされる。

葉月冬馬は数馬に対応を預け、数馬は受けた。

「こちらは加賀藩前田家の瀬能どの。こちらは老中稲葉美濃守さまの留守居役の鈴木どの」

「瀬能でござる」

「ずいぶんとお若いの。鈴木でござる」

紹介を受けた数馬が名乗り、鈴木がよくある反応を見せながら名乗りを返した。

「瀬能どのといえば、もとはお旗本であられたとか」

鈴木が問うてきた。

「さようでございまする。秀忠公の姫君のお供で金沢へ参り、そのまま移籍を仕りました」

何度訊かれたかわからない話である。

数馬は短く、要点だけを伝えた。

「それはご苦労でございましたでしょう」

「いえいえ。秀忠公直々のお声掛かりでございまする。苦労などとは思ったことさえございませぬ」

数馬は鈴木を警戒した。

剣ではなく、言葉で戦うのが留守居役なのだ。なにげない会話のなかに罠《わな》が仕こまれているなど当たり前のことである。

もし、数馬が大変でしたとか、苦労をしたなどといえば、それは秀忠の命を恨《うら》んでいると取られかねない。

「……さようでござるか」

最初の罠にはまらなかった数馬に、鈴木がつまらなそうな顔をした。

「御用は」

数馬が割りこんできた理由を問うた。

「いや、ちらといい酒が呑めると耳にしたのでな。よろしければ、ご一緒させていただきたい」

「…………」

数馬は葉月冬馬に目を向けた。

「申しわけございませぬが、ちと」

葉月冬馬が鈴木に断りを入れた。

数馬の立場では、老中の留守居役を無下にはできないのだ。

「ほう、なにか大事なお話でも」

鈴木がしつこく訊いてきた。

「いやいや、拙者と瀬能どのとのつきあいでござってな」

「お二人のつきあい……藩はかかわりないと」

「さよう。話してもよろしゅうござるかの、瀬能どの」

目つきを鋭くした鈴木ではなく、葉月冬馬が数馬に問うた。

「どうぞ」

打ち合わせもなにもしていないが、数馬は葉月冬馬の策にのった。

「瀬能どのが、このたび妻女《めと》を娶られましてな。そのお祝いを」

「ご婚姻を……それはおめでとうござる。いや、まことにめでたい」

慶事を教えられて、祝いを口にしないのは常識がないと取られかねない。鈴木が大げさに祝した。

「お祝い、恐縮いたしまする」

数馬は一礼した。

「ということでござれば」

葉月冬馬が断って当然だろうと、暗に鈴木へ告げた。

「いや、失礼をいたした。お邪魔はいたしませぬ。では」

鈴木がおどけたように言って、離れていった。

「……どこまで気付いておりましょうか」

「今のが嘘だとは気付いておりましょう」

尋ねた数馬に、葉月冬馬がため息を吐いた。

なにせ数馬のほうから、いい酒を呑ませる店があるから付き合って欲しいと言っていたのだ。祝われるほうの言葉ではない。手慣れた留守居役なら、気付いている。

「嘘でもつきとおせば真になると申しますのでな。今度は拙者がお代をもとう」

「……かたじけなく」

貸しを返すはずが増えてしまった。とはいえ、ここで無理を通すわけにもいかない。

数馬は礼を述べた。

「ですが、あの御仁はなにをしに」

鈴木が割りこんできた理由を数馬は気にした。

「本多さまが上様のお召しで登城なされているのを知っているのでしょう。老中の留守居役ともなれば、お城坊主も渋りませぬ」

城中の出来事に通じているお城坊主は、耳にした、あるいは目にしたものを売って金に換えている。そうすることで少ない家禄を補い、贅沢《ぜいたく》な生活を送っている。

ようは金を出さなければ、何一つ教えてくれないということでもあるが、老中の留守居役や将軍家寵臣の留守居役には進んで教えてくれた。

なにせ吹けば飛ぶようなお城坊主なのだ。権力者に睨まれれば、それまでになる。たとえ放逐されなくとも、紅葉山東照宮御霊屋番《もみじやまとうしょうぐうみたまやばん》などに移動させられれば、余得がなくなってしまう。

神君家康公を祀る東照宮を清掃し、維持管理するのが御霊屋番の職務であり、お城坊主のなかでも格上になるが、城中からは離されてしまい、噂話を聞くこともなくなる。また、諸大名は紅葉山東照宮への参拝はできないため、その手伝いをして金をもらうというわけにもいかない。

お城坊主が老中の留守居役を優遇するのは当然であった。

「葉月どののもとには……」

「すでに話は聞いておりまするが、お城坊主の耳をもってしても、本多さまと酒井河内守さまを同じ刻限にお召しになる理由はわからぬと」

「堀田備中守さまのご献言ではございませぬので」

「主は違うと申しておりました」

葉月冬馬が首を横に振った。

「なるほど。それで」

終わってからの話を知りたいと葉月冬馬が言ってきた理由を数馬は理解した。

「鈴木どのも、それが知りたいのでございましょうな」

「…………」

数馬は無言で同意した。

「さて、拙者はそろそろ」

あまり二人で密談をしているのは目立つ。

軽く手を上げ、葉月冬馬が去っていった。

「……………」

一人になった数馬に、鈴木が近づいてきた。

「瀬能どのよ。ちとよろしいか」

「まだなにか」

用はないはずだと数馬が眉間に皺を寄せた。

「葉月どのとは、親しいのか」

「いつもご指導をいただいておりまする」

問われた数馬が答えた。

葉月冬馬は数馬よりも十年ほど前から留守居役をしている。まさに先達であった。

「ご存じかの。拙者は葉月どのよりも古いのじゃ」

「さようでございましたか。それはお見それをいたしましてございまする。どうぞ、これからはよろしくご指導のほどをお願いいたしまする」

告げた鈴木に、数馬は頭を垂れた。

本多政長によって無意味な先達尊重は止めるようにとの指導が、加賀藩前田家の留守居役にはなされている。だが、それは加賀藩のなかでのことで、まだ外には出ていない。いきなり、今までの慣例を壊すのは、いろいろな弊害が出る。

今は無用な宴席をしないようにする段階であり、老中の留守居役を切り捨てて、軋轢を作るわけにはいかない。

ましてやここは城中蘇鉄の間で、数馬の行動次第では、一気に加賀藩前田家の名前が墜ちてしまいかねなかった。

「訊きたいのだがの、瀬能」

先達と告げたとたんに、鈴木の態度が変わった。

「どうやって葉月に取り入った」

鈴木が問うた。

「普通に宴席でお付き合いを……」

「偽りを申すな。堀田備中守さまによって前田加賀守さまは五代将軍になれなかった。そして五代さまとなられた綱吉さまの腹心こそ堀田備中守さまじゃ。どう考えても仲がうまくいくはずはないだろう」

ごまかそうとした数馬に鈴木が怒った。

「堀田備中守さまの弱みを摑んだのであろう。それ以外は考えられぬ」

鈴木が勝手に断じた。

「知っておるのだぞ。前田家の留守居役であった小沢兵衛《おざわひょうえ》が、堀田備中守さまのところへ移ったことをな」

「……………」

思わぬ名前に数馬は言葉を失った。

小沢兵衛は、加賀藩前田家留守居役をしているときに、その立場を利用して藩金を横領していた。そして横領がばれるなり、藩を逃げ出し、加賀前田家の弱みを知っているとして、堀田備中守の庇護《ひご》を受けた。

留守居役というのは、藩の顔でもある。そのまま放置しておけば、加賀藩前田家の名前を使ってなにをしでかすかわからない。前田家は小沢兵衛を放逐したとして、付き合いのあった大名、役人、吉原《よしわら》や料理屋などの遊所に通知せざるを得なくなり、事実が知れ渡ってしまった。

その後、小沢兵衛が堀田備中守の留守居役になったことで、両家の仲は修復できないほど悪くなった。

しかし、それも加賀藩主前田綱紀と堀田備中守が密かに会談をして手打ちとなったことで、小沢兵衛は居所を失い、自滅した。

「さあ、申せ。なにがあった」

「なにもございませぬ。この後予定がございますので、御免」

強く迫る鈴木に、数馬は拒絶を突きつけ、席を立った。

「……生意気な。先達を甘く見おって。なれば手痛い目に遭わせてくれるわ」

鈴木が数馬の背中をにらみつけた。

四

大廊下下段の間縁側外廊下に戻っていた本多政長のもとに、お城坊主が近づいてきた。

「お召しでございまする」

「かたじけなし」

瞑目《めいもく》していた本多政長が立ち上がった。

大廊下は将軍家に近い御三家、越前家などの控えの場所だが、将軍御座の間からはもっとも遠かった。井伊家や会津松平家など、幕政にかかわる大名家の控え、溜間が近いのとは逆になる。これは一門に政をさせないという幕府の意思の表れであった。

「酒井河内守、本多安房、お召しにより参上仕りましてございまする」

小姓組頭が綱吉に報せた。

「よろしかろう」

綱吉が応じた。

「お先に」

「どうぞ」

最初に譜代大名の酒井河内守が御座の間下段中央やや右に膝行《しっこう》した。

「…………」

続けて本多政長がその左に手を突いた。

「上様」

「うむ」

小姓組頭の合図に綱吉がうなずいた。

「河内守、面を上げよ」

「はっ。上様におかれましてはご機嫌うるわしく、河内守恐悦至極《きょうえつしごく》に存じ上げ奉りまする」

「わたくしめは、ここにおられまする酒井河内守を推挙いたしたく存じまする。河内守どのは、古今に通じておられるだけでなく、礼法にも励まれ、さらに武道も嗜《たしな》まれておりまする。性質は穏やかで誠実、上様への忠義も厚く、このような御仁こそ、天下の政を預けてこそ、だいじないかと」

「な、なにをっ」

褒めちぎられた酒井河内守が慌てた。

「ほう、爺がそこまで言うならば、明日からでも大政委任いたそうか。それほどの人物ならば、何一つの失策もいたさぬであろうしな」

「ひいっ」

淡々と大政委任を口にした綱吉に、酒井河内守が悲鳴をあげた。

「あはははっは」

その様子に綱吉が大笑した。

「おわかりになられたかの。推挙がかならずしも味方だと思われてはいかぬぞ。他人の言には刃《やいば》が含まれておることもござる」

「含まれているほうが多かろうに」

諭《さと》す本多政長に、綱吉が笑いを引っこめた。

「……刃」

酒井河内守が呟いた。

「諫言は苦くとも妙薬、甘言は心地よくとも毒薬」

本多政長が続けた。

「貴殿は、そのどちらもかかわりなく、上様から直接人物を見ていただけるのだ。執政に向いているのか、戦に適しているのか、勘定に才があるのか」

一度、本多政長が言葉を切った。

「あるいは、なんの役にも立たぬのか」

「役に立たぬ……」

本多政長に言われた酒井河内守が、震えた。

「貴殿の父御は、上様に決して許されざることをされた。それは今更取り消せぬ。まして や雅楽頭どのが亡くなられた今、お許しを請うこともできぬ」

「…………」

酒井河内守がうなだれた。

「それをこえて、上様は貴殿の器量を見てやろうと仰せになられたのだ。譜代大名として、これ以上の光栄がござるか。ないはずじゃ。貴殿は三百諸侯が欲している機を与えられた。それを踏まえてお考えあれ」

「好機でございますな」

ようやく酒井河内守が顔をあげた。

「ご奮闘あれよ」

本多政長が酒井河内守を励ました。本多政長は酒井河内守の持つ綱吉への遠慮を消し去ろうと考えていた。酒井河内守のような譜代の名門が、しっかりしていれば綱吉の暴走を押さえられるという望みにすがった。

「上様、勝手をいたしましてございまする」

深々と本多政長が頭をさげた。

「まことによ。爺のせいで、躬はもう酒井家へ恨みをぶつけられぬようになったわ」

綱吉が苦笑した。

「おつもりもございませぬでしょうに」

本多政長がため息を吐いた。

「さて、どうかの」

にやりと綱吉が笑った。

「では、わたくしはこれにて」

「帰るか」

一礼した本多政長に綱吉が声をかけた。

「はい。あまり長居をしておりまするると、面倒になりそうでございまする」

登城して以来好奇と悪意の目を感じ続けてきたのだ。本多政長が辞去を願った。

「残念だの。また今度ゆっくりと話を聞かせよ」

「お召しをいただければ、いつなりとも」

綱吉の退出の許可をもらった本多政長は、御座の間下段から出た。

用がすんだら、寄り道などせず下城する。お召しだからと陪臣が長居しては、嫌われる。

本多政長は、廊下の端を目を伏せがちにしながら、目立たぬように急いだ。

「待て」

あと少しで御中門が見えてくるというところで、本多政長に制止がかかった。

「……わたくしでございますかな」

足を止めた本多政長が、声の主に問うた。

「いかにも、そなたである。見かけぬ顔だが、何者か」

目付富山主水が誰何《すいか》した。

「本多安房でござる。失礼ながら貴殿はどなたでござるかの」

名乗った後で本多政長が問うた。

「見てわかるであろう。目付である」

富山主水が黒麻の裃を誇示して見せた。

「お目付の衆だとはわかりまするが、お名前をお伺いいたしたい」

「拙者の名前などどうでもよい」

本多政長の要求を、富山主水が拒んだ。

「お名前なしではいささか困りまするが」

「こちらは困らぬ。付いて参れ」

「下城いたすところでございましたが」

「目付の命である。付いて来い」

困ったような本多政長に富山主水が厳しく言った。

「わかりましてございまする」

本多政長が首肯した。

「……なかへ入れ」

少し歩いたところで富山主水が空き座敷の襖を開け、本多政長に指図をした。

「なかへ入れと」

「さっさといたせ」

逡巡する本多政長に、富山主水が苛立った。

「お断りいたしましょう」

本多政長が首を左右に振った。

「なんだと」

「なぜ、わたくしがここに入らねばなりませぬので」

まさか拒否されるとは思ってもおらず驚いた富山主水に、本多政長が首をかしげた。

「疑義があるゆえ、取り調べるためである」

「……疑義が。なれば、ここでよろしゅうございましょう」

本多政長が廊下でもいいだろうと告げた。

「他人目につかぬところでおこなってやろうという、情けである」

「お情けはご無用に願いまする。名乗りましたとき、お顔の色も変えられませなんだということとは、わたくしが加賀の本多だとおわかりなのでございましょう。わたくしは陪臣で……」

「陪臣といえども城中にあるときは、目付の監察を受ける」

富山主水が本多政長の口を封じるように被せてきた。

「それは存じておりまする。お目付は城中平穏を担当なさると」

「わかっておるならば、黙って従え」

うなずいた本多政長に、富山主水が苛立った。

「陪臣でございますれば、いと尊きお城に用もなく立ち入ることは不遜《ふそん》と存じおりまする」

「うむ。殊勝な心がけである」

直臣として陪臣と同席するのも不愉快である。旗本随一の矜持を誇る目付としては、話をしたくもない相手だけに、本多政長の言葉を富山主水は、認めた。

「なれば急ぎ下城仕ろうと思い、廊下の隅を急いでおりましただけでございまする。どこがお目付衆の気に障られたか、この無学の老人にお教えいただけませぬか」

「それはだな……」

富山主水が戸惑った。

「…………」

じっと本多政長は富山主水を見つめて待った。

五

御中門は江戸城表御殿の出入り口の一つである。当然、人通りも多い。目付と見慣れぬ老武士の立ち話は目に付く。

「あれは、加賀の本多さま」

気付いた一人に御中門を入ったところで、登城してくる大名、役人の案内をするお城坊主がいた。

「お目付さまの目つきが険しいことから見れば、世間話ではあるまい」

すっとお城坊主が御中門を入ってすぐにある蘇鉄の間へと近づいた。

「御免を。定際《じょうざい》でございまする」

いかに陪臣の溜まりとはいえ、勝手な入室はいい顔をされない。なにせ、各藩の留守居役ほど、お城坊主に金や物、女をもたらしてくれる者はいないのだ。

「定際どのか、どうぞ」

襖際近くの客の対応をする先日なったばかりの留守居役が応じた。

「……加賀さまのお方は」

襖を開けた定際が呼んだ。

「おう、すぐに参る」

数馬が応じた。当番の留守居役は別にいるが、数馬は本多政長の対応をするための登城である。

また、登城したおり、御中門当番のお城坊主に、数馬は心付けを渡している。それも白扇ではなく、少し大きめの小粒金を握らせている。その定際が呼び出すとしたら、数馬しかいなかった。

「では、お先に」

蘇鉄の間の一同に頭を垂れて、数馬は座を出た。

「早いの」

「あの御仁は、あの本多家のかかわりじゃ」

わざわざお城坊主が呼び出しをかけた。当然、衆目を集めるが、すでに何度も本多政長は将軍綱吉に召されて登城している。そのたびに登城し、本多政長の下城に付き添うのだ。

事情を知るものが出てきても不思議ではなかった。

「藩老の送り迎えか。留守居役のすることではないな」

「城中でなにかあったときに、手伝いに入れるのは我らだけであろう」

「たしかにな」

「それに本多家は、将軍さまと……の」

「触らぬほうが無難じゃな」

いろいろ言うのを背中に聞きながら、数馬は蘇鉄の間を出た。

「定際どの、助かる」

内容も聞かず、まず数馬が礼を述べた。

「いえいえ。いつも加賀さまにはお気遣いをいただいておりますので」

歩きながら定際が首を横に振った。

「ご多用だとは存ずるが、一度宴などをご一緒いただけませぬか」

十二分と付かない気遣いをされているというのは、もうちょっとなにかを寄こせという暗示でもある。数馬は定際を接待に誘った。

「これはありがたし。喜んでお付き合いいたしましょう」

「では、日時などをあらためて」

喜色《きしょく》を露わにした定際に、数馬が約束をした。

「あちらでございまする」

定際が廊下を曲がったところで、本多政長と富山主水のほうを示した。

「あれは……お目付さまか」

数馬が黒麻裃を認識した。

「なにがござったのでございましょう」

「あいにく、愚僧もお目付さまと本多さまが、あそこで遣り合われているのに気付いただけで」

数馬に訊かれた定際が首を左右に振って、なにもわからないと告げた。

「さようでございましたか。なににせよ、お報せかたじけのうございまする。では、後日」

機嫌を悪くされないように、深々と頭を垂れて数馬は本多政長のもとへと向かった。

「……文句を言わずに従わぬか」

「ですから、どのような失策がございましたか、お伺いいたしたいと」

「なぜ、こだわる」

「………」

本多政長の要求に焦る富山主水の後ろで数馬は足を止めた。

「いえ、お目付さまのお取り調べとなれば、わたくしは知らぬ間に罪を犯していたのでございましょう。それにつきましては、浅学な吾が身を呪うだけで、決して御上に思うところなどは持ちませぬが、このままでは同じまちがいを繰り返す者が出て参りましょう。それを防ぐために、是非ご指導をいただきたく」

「むっ」

正論に富山主水が詰まった。

目付は正義である。公明正大の権化である目付はまちがわず、そのすることはすべて正しい。

目付という役目ができて以来、これを強弁し続けてきた。その結果、城中では黒麻裃を見ただけで、皆が身を隠したり、顔を見られないよううつむいたりするようになった。

「そのようなことは不要である」

富山主水が目付の権威をもって拒否した。

「ほう、潰れる者は潰れろと」

「従わぬ者など、不要である」

声を低くした本多政長に負けまいと富山主水が大声を出した。

「聞いたの、数馬」

「はっ、拝聴をいたしましてございまする」

不意に声をかけられた数馬だったが、本多政長がとうに気付いているとわかっていたので、狼狽《ろうばい》せずにすんだ。

「なんだっ、おわっ」

背中で聞こえた声に、富山主水が驚いた。

「そ、そちはなんだ」

富山主水が数馬を睨んだ。

「加賀藩前田家留守居役瀬能と申しまする」

「なんじゃ、留守居役か」

名乗りを聞いた富山主水があからさまな安堵を見せた。

「その留守居役が、なぜここに。そなたらは、蘇鉄の間で控えておらねばなるまいが」

富山主水が数馬を咎めた。

「当藩の者が、お目付さまのお手をわずらわしているという話が耳に入りましたので、急ぎ駆けつけましてございまする」

数馬が答えた。

こういったもめ事を荒立てず収めるのも留守居役の仕事である。

「本多どの、上様の御用は滞《とどこお》りなかったのでござろうな」

数馬が詰問するような口調で本多政長に訊いた。

「懸念なきようにいたせ。上様はご機嫌うるわしく、お褒めのお言葉をちょうだいいたした」

本多政長も堅い言葉遣いで応じた。

「ならばなぜお目付衆のお手をわずらわさせておられる」

「御前体《ごぜんてい》を疑うならば、明かして見せようぞ」

さらに迫る数馬に、本多政長が怒りを浮かべた。

「ご坊主衆、上様に再度のお目通りをお願いしていただきたい」

様子を窺っていた定際に、本多政長が頼んだ。

「よろしいので」

陪臣が将軍の召し出しではなく、目通りを願うなどあり得ていい話ではなかった。

定際が顔色を変えた。

「ご安堵願いたい。上様より登城勝手、いつでも目通りを許すとの御諚《ごじょう》を賜っておるゆえ、大事ござらぬ」

「では、お小姓の衆に、その旨を」

「ま、待て」

富山主水が急いで定際を止めた。

「今からこやつを取り調べるのだ。上様への取り次ぎはならぬ」

「富山さま、いかがいたせば」

足を止めた定際がわざと富山主水の名前を口にして、数馬を見た。

「おもしろいことを言われる」

数馬に代わって、本多政長が口を開いた。

「なにを申した」

「上様より直々にお許しいただいたことを止めると」

「罪人に上様とのお目通りをさせるわけにはいかぬ」

本多政長に富山主水が言い返した。

「罪人と仰せか。では、その罪を問わせていただこう。拙者はなにをいたした」

すっと本多政長の雰囲気が変わった。

「定際どの、お手数ではござるが、他のお目付衆をお呼びいただきたい」

「ただちに」

定際が駆けだした。

「あっ、待て」

「……………」

またも定際の行動を制しようとした富山主水だったが、今度は無視された。さすがに将軍のもとへ使者として行くより、目付のほうが気楽であるし、後日富山主水が定際を咎めようとしたところで、目付を呼びにいくという行為ではどうしようもない。目付を呼ぶのも咎めの対象になるとなっては、後々に問題の種を残す。

なにより、富山主水が不利になったのが大きい。

目付の権威は城中において、大きい。老中とも話ができ、前田や御三家の当主とも顔なじみになるお城坊主といえども、目付に逆らうのは得策ではない。だが、風向きが変われば、話は違ってくる。

目付はお城坊主を使うだけ使って、一文も寄こさない。監察という役目柄いたしかたないことではあるが、薄禄を余得で補っているお城坊主にとって、目付の用は手間だけ取られる厄《やく》でしかなかった。

対して、前田家は年間百両近い金をお城坊主たちにばらまいてくれる、いわば上得意さまなのだ。

天秤が一気に傾いて当たり前であった。

「もうよい。行け」

富山主水が本多政長に手を振った。

「なにもなかった。それでよろしいのでございますな」

口調を戻して本多政長が念を押した。

「くどい」

言い捨てて富山主水が去っていった。

「ふん。走狗が」

本多政長が嘲笑した。

「数馬、御坊主どのを止めてこい」

「不要でございまする」

数馬が首を左右に振った。

「あれに」

曲がり角から様子を窺っている定際を数馬が指し示した。

「目付を呼んではより面倒になる。それくらいお城坊主の衆はわかっておりまする」

数馬が、定際に一礼した。

第四章　策の成否

一

御三家の付け家老は、その婚姻に幕府の許可が要った。とはいえ、普通の江戸家老や国家老の婚姻までは幕府に届けなくてもよかった。

「どうであるか」

紀州徳川家二代藩主光貞《みつさだ》が、付け家老安藤帯刀直清《たてわきなおきよ》に問うた。

「留守居役沢部修二郎に話をさせましてございまする」

安藤帯刀が答えた。

「どうであった」

「……どうやら相手にもされなかったようでございまする」

「ほう」

聞いた徳川光貞が驚きの顔を見せた。

「最初は喜んで、娘を差しだしたというに」

徳川光貞が鼻先で笑った。

「で、断られた理由はなんじゃ」

「すでに再嫁《さいか》しておるとか」

尋ねられた安藤帯刀が告げた。

「再嫁……どこにじゃ。今は陪臣とはいえ、神君家康公がもっとも頼りにしたという腹心本多佐渡守の曾孫ぞ。そこらの大名では釣り合うまい……まさか、前田加賀守の継室《けいしつ》に収まったのではあるまいな」

眉間にしわを寄せた徳川光貞が言った。いかに紀州家の威光といっても、加賀百万石の正室に手は出せなかった。

「いえ、それが……」

「……なんじゃと。加賀藩の留守居役のもとへ嫁しただと」

安藤帯刀の話に、徳川光貞が驚愕した。

「そやつの禄は一万石をこえるのか、それとも前田の一門か」

「いいえ。禄は千石、身分は平士だそうでございまする」

　ゆっくりと安藤帯刀が答えた。

「馬鹿な、とても釣り合わぬではないか」

　徳川光貞があきれた。

「いかに不縁になって戻って来た娘とはいえ、本多家ならばもっとよいところへ嫁に出すことなど容易であろうに。たかが留守居役のところへ……考えられぬわ」

　大きく徳川光貞が首を横に振った。

「気になるの」

「なにがでございましょう」

　ふと漏らしたような徳川光貞に、安藤帯刀が首をかしげた。

「その留守居役よ。本多の婿になるほどの者なのか」

「まさに、気になりまする」

　徳川光貞の意見に安藤帯刀が同意した。

「調べよ」

「はっ」

　安藤帯刀が頭を垂れた。

「もし、本多の婿になるほどの男なれば、利用のしようもあろう。また、ふさわしくない者なれば、嫁を取りあげるのも簡単にできるはずじゃ」

「仰せの通りかと」

安藤帯刀が首肯した。


あしらわれた富山主水は、憤懣よりも恐怖を感じていた。

「失敗したと大久保加賀守さまに知られてしまう」

上司というのは基本、成功は吾が手柄、失敗は部下のせいと考える。

ましてや、今回のことは表沙汰にできないのだ。成功したときの褒賞は約束されているが、失敗したときの話はなにもない。つまり、大久保加賀守は知らぬ顔をする。

ただ問題は、ずっとそのまま富山主水のことを忘れてはくれない。

そもそも己の進む道に穴が空いているのを無視するようでは、執政などになれるはずはなかった。

しっかり穴を埋め、他人の道に落とし穴を仕掛ける。それくらいでなければ、老中の座に就くことはできない。

すぐに埋めては目立つから、他人がその穴のことを忘れたころに、手を打ってくる。

「どこか遠国にでも飛ばされるか」

遠国役には、長崎奉行のような余得の固まりのような役職から、伊勢山田《いせやまだ》奉行のようなややこしい土地を相手に奮闘しなければならないものまである。

遠国奉行ならばまだいい。奉行は大坂や京都、駿河などでないかぎり、任地でもっとも偉い。いわば大名のようなものになれる。

しかし、遠国役には、大坂城代の配下、京都所司代の配下などがある。これらだと上司の機嫌を伺わねばならぬだけでなく、いずれ転じていく上司だとして面従腹背の下僚をうまく使わなければならず、苦労の割に稔りがない。

「なんとかせねばならぬ」

大久保加賀守が富山主水に手を伸ばしてくる前に、功績を立てるしかなくなった。

「加賀前田家か」

富山主水が腕を組んだ。

「本多に手出しはまずい」

今回で本多政長は綱吉にいつでも会えるとわかった。下手を打って、綱吉に富山主水の名前を吹きこまれてはそれまでになる。

「富山主水に慎みを命じる」

老中であろうと手出しできない目付でも、将軍から見ればただの家臣でしかない。

一言で罷免することも改易にすることもできる。

「名前を呼ばれたのが失敗であった。坊主めが」

最初に本多政長が名前を問うたとき、富山主水はごまかした。

本来はまず名乗り、監察を担う者として、正々堂々と役目に当たっているとの表明すべきである。それをしなかったのは正々堂々とできなかったからであった。

「名乗れぬ」「どうでもよかろう」

などと拒めば、では、本物の目付だという証を出せとなる。黒麻裃は目付しか身につけられないとはいえ、これも慣例でしかなく、証明にはならなかった。

そして、そこを本多政長に突かれ、他人目のないところへの同道を拒まれてしまった。

「では、他の目付どのにご同席いただこう」

そう言われたのも、名乗らなかったことが原因だ。

それくらいと思われるが、目付は目付を監察する。そうやって呼び出された段階で、なにかしらの失策があったと、同僚に疑念をもたれることになる。

「……搦《から》め手から攻めるとするか」

富山主水が、目付部屋の二階にある徒目付控えへ向かった。

徒目付は役料百俵、目付の支配を受け、城中巡視、江戸城諸門の警固をになう。

「おるか」

「はい」

許可も取らず半ば控えに入った富山主水に、若い徒目付が応じた。

「手は空いておるか」

若い徒目付に富山主水が問うた。

「あいにく、別のお目付さまの御用を承っておりまする」

若い徒目付が断った。

「そうか。では、手の空いている者は……」

「わたくしでよろしければ」

壮年の徒目付が手をあげた。

「名は」

「二宮《にのみや》と申しまする」

「付いて参れ」

名を聞いた富山主水が徒目付部屋の並びにある小部屋へと移動した。

徒目付の控え部屋の並びには、目付との密談に使う小部屋がいくつかあった。その一つに、富山主水は入り、さっさと上座に陣取った。

「ご無礼を仕りまする」

徒目付の二宮が、廊下で膝を突いた。

「入って襖を閉めよ」

「はっ」

目付は身分にうるさい。呼ばれたからといって、続けて同じ座敷に足を踏み入れれば、叱りつけられる。

二宮が指示通りにした。

「そなた、加賀の本多を存じおるか」

「かの本多佐渡守さまのお孫さまに当たるお方で、前田家で五万石の筆頭宿老をなさっておられると」

「そうじゃ。その本多が今日、登城していることは」

「存じておりまする」

徒目付は目付の手足になる。城中の噂には気を遣わなければならなかった。

「では、瀬能という加賀藩留守居は」

「あいにく、留守居役の数も多く、誰が誰かなのかまでは」

続けて訊いた富山主水に、申しわけなさそうに二宮が頭を垂れた。

「ふむ。当然じゃの。陪臣ごとき、虫のような者。区別が付かなくてもしかたはない」

富山主水がうなずいた。

「その瀬能とか申す留守居役がなにか」

「吾と本多の遣り取りに口を出してきおった」

「なんとっ、お目付さまのお役目に手を出したと」

二宮が驚愕した。

「うむ。邪魔をいたしたのだ」

「ではなぜ、その留守居役を咎められませせぬ」

二宮が首をかしげた。

目付は旗本の規範であるという矜持から、罪人を捕まえるという行動は汚れるとして徒目付にさせるのが普通であった。とはいえ、目付の権威を以てすれば、大名でも役人でも畏れ入って、その場で頭を垂れる。

「事情があるのだ」

二宮の疑問に、富山主水が苦い顔をした。

「お伺いいたしても」

「本多は上様のお気に入りである。それは存じおるな」

許可を求めた二宮に、富山主水が告げた。

「…………」

無言で一礼した二宮は、それ以上訊くのを止めた。将軍がかかわってくる問題に口出しすれば徒目付など、嵐のなかの小舟より危ない。事情を知らずして、上役から命じられたことをしましたとしておくことで保身をはかったのであった。

「とはいえ、目付の行動を制するなど論外。ましてや陪臣がである」

「まことに仰せの通りでございまする」

富山主水の憤りに、二宮が同意した。

「しかし、城中でならばどうにでもできるが、出てしまえば陪臣をどうこうするなど、目付の役目ではない」

目付が相手をすべきものではないと富山主水が首を横に振った。

「とはいえ、このまま放置いたしては、目付の鼎《かなえ》が問われる」

「はい」

二宮が首肯した。

「瀬能のことを調べよ。なんでもよい、すべてを調べ、それを前田加賀守に、いや本多安房に突きつけてくれる」

富山主水が宣した。

二

大久保加賀守は、いつまで経《た》っても目付から本多政長を下城停止にしたとの報告が上がってこないことに焦《じ》れていた。

「…………」

無言で立ち上がった大久保加賀守が、御用部屋を出ようとした。

「待たれよ」

堀田備中守が制した。

「なにか」

立ったままで大久保加賀守が首だけを向けた。

「落ち着きがなさすぎる。何度御用部屋を留守にすればよいのだ」

大久保加賀守の無礼に、堀田備中守が険《けわ》しく咎めた。

「御用であれば」

「それほど大事な用か」

返した大久保加賀守に堀田備中守が立ち上がった。

「……この積みあがっている書付の対応よりも」

大久保加賀守の屏風のなかに入った堀田備中守が、朝からほとんど処理されていない政務を手にした。

「な、なにをする。いかに老中首座といえども、他の老中の屏風内に入るのは無礼であるぞ」

老中は基本合議で物事を決めていくが、そこにいたるまでは個人の考えで対応する。

「これでは合議に出せぬ」

「次の京都所司代には、某《なにがし》がよかろう」

純粋に不備で却下するときもあるが、それ以外の情実《じょうじつ》や縁故《えんこ》も入る。

とくに人事ではその点が強く出た。一門や交友のある者ばかり引きあげていては、老中としての資格を疑われることになるのであまり派手なまねはしないが、表に出ていないつきあいのある者、ようは金やものなどの利益を密かに提供してくれる者を贔《ひい》屓《き》する。

候補のなかから抜きんださせたり、他の候補の粗を探して、貶《おとし》めたりもする。

言うまでもなく、してはいけないことではあるが、これくらいの余得がないと老中はやっていけなかった。

一万石から二万石ていどの加増と、よりよい領地への転封。これが老中に与えられる余得なのだが、転封は金がかかる。

今まで手塩にかけ、なじんだ領民の代わりに、新しい藩主はどうだと戦々恐々としている新しい領民というだけでも面倒なのに、引っ越しの費用の他に、旧領地で発行した藩札の回収、御用商人から借りていた金の返済など、とても褒賞では見合わない。

転封と加増の恩恵が出てくるには、五年は要る。その間、老中になるために使った金や、優秀な人材のために支払う禄米、役人たちをねぎらうという名目の費えなど、ほとんどの老中は大きな借財を抱えていた。

皆、よほどの引きで出世しない限り、同じような境遇にある。ゆえに、見て見ぬ振りをするのが通例であり、他人の屏風のなかには立ち入らないというのが不文律になっていた。

それを破って、堀田備中守は大久保加賀守の屏風を侵した。

「このなかには、早急に片付けねばならぬものがいくつある。間に合うのか。まもなく八つになるぞ」

「……わかっておるわ。上様のご寵愛をよいことに、老中首座に就いたとはいえ、堀田の家は関ヶ原以降の家柄。三河以来ではないと……」

苛立ちを露わに大久保加賀守が堀田備中守へ食ってかかろうとした。

「それ以上はなりませぬぞ、加賀守どの」

稲葉美濃守が割って入った。

「上様の御信任に苦情を申し立てることになりますぞ」

「……それはっ」

大久保加賀守が苦い顔をした。

「…………」

すっと大久保加賀守に近づいた稲葉美濃守が、その肩に手を置いてなだめるようにしながら、小声でささやいた。

「上様の御不興を買えば、貴殿の悲願、小田原復帰は遠のく」

「ぐっ」

ささやきに大久保加賀守が唇を嚙んだ。

「どうすればよいかは、おわかりであろう」

もう一度肩を叩いて、稲葉美濃守が離れた。

「……ご無礼を仕った。寛恕《かんじょ》願う」

歯がみしそうな顔で大久保加賀守が一応の詫びをした。

「仕事に戻れ」

堀田備中守は許すとは言わず、手にした大久保加賀守担当の書付を屛風のなかへ戻した。

「……成り上がりが」

屛風に入った大久保加賀守が、小声で吐き捨てた。

「私事にかまけおって」

己の屛風へ戻った堀田備中守も怒っていた。

加賀藩前田家の家老を呼び出した評定の場は、大久保加賀守が本多政長への嫌がらせとしておこなったものだと堀田備中守は留守居役から聞かされていた。

言うまでもなく、大久保家と本多家の確執は知っている。

「老中の座にある間は、私情を殺すのが当然である。加賀守は執政の器にあらず」

堀田備中守は、大久保加賀守を見限った。

「一度、上様にお話し申しあげねばなるまい」

小さく堀田備中守が嘆息した。


堀田備中守に叱られた大久保加賀守は、憤懣を呑みこんで執務を続けた。

「もう一度やり直せと伝えよ」

「どのようにいたせば」

不備の箇所を指摘しなければ、また同じことになる。右筆が尋ねた。

「そのようなもの、己で考えさせろ」

不機嫌を露わに大久保加賀守は、書付を処理していった。

「……………」

とばっちりを受けた右筆が黙って、書付を受け取った。

「八つでございまする」

御用部屋坊主が刻限を報せた。

「うむ」

御用部屋でも上役ほど早く席を立つ。

まず堀田備中守が立ち上がった。

「お疲れでござった」

続いて稲葉美濃守が出ていった。

「…………」

それを大久保加賀守が見送った。

「坊主」

老中が全員いなくなったのを待った大久保加賀守が、御用部屋坊主を呼んだ。

「御用は」

御用部屋坊主が小腰を屈めた。

「目付富山主水を下部屋へ」

「承知いたしましてございまする」

機嫌の悪い老中の指示に遅滞すれば、どのような咎めが与えられるかわからない。

唯一城中を走れるお城坊主が、あわてて駆けていった。

「…………」

その様子を見送って大久保加賀守は、御用部屋を後にした。

下部屋は納戸口を入って右側に並ぶ小部屋である。その奥から三つ目が大久保加賀守に与えられていた。

「……来ておったか」

老中の下部屋に勝手に入るわけにもいかず、廊下で待っていた富山主水に、大久保加賀守が冷たい目を向けた。

「……申しわけもございませぬ」

すでに失敗を知られているとわかった富山主水が、平伏した。

「こんなところで詫びるな。目立つであろうが」

大久保加賀守があきれた。

目付は遠くから見てもわかるように、城中で唯一黒麻裃を纏《まと》っている。その目付が廊下で老中に平伏しているなど、悪い噂を呼びかねなかった。

「大久保加賀守さまが、老中の権をもって目付を制した」

大名、旗本の監察をする目付は、将軍以外の誰にも屈しない。それを平伏させたと噂になれば、僭越として大久保加賀守を糾弾する者が出てくる。老中になりたい者はいくらでもいる。その連中が、これを利用しないはずはなかった。

「入れ」

下部屋の襖を開けて、大久保加賀守が富山主水を連れこんだ。

「……で、どうなった」

「それが……」

座るなり問うた大久保加賀守に、富山主水が逡巡した。

「さっさと話せ。余は忙しいのだ」

堀田備中守にやりこめられた不満を大久保加賀守は富山主水にぶつけた。

「はっ、はい。わたくしは……」

富山主水が語った。

「なんと情けないことよ。目付が陪臣ごときに翻弄《ほんろう》されるとは……」

大久保加賀守があきれた。

「恥じ入りまする」

富山主水がうなだれた。

「で、まさか、そのままで終わるつもりではなかろうな」

「もちろんでございまする」

大久保加賀守から水を向けられた富山主水が顔をあげた。

「わたくしの邪魔をいたしました加賀藩の留守居役を調べあげ、そこから本多の攻略の糸を探りあてまする」

「まさかと思うが、余の名前を徒目付ごときに申してはおるまいな」

「もちろんでございまする。わたくしの指図といたしておりますれば、決して加賀守さまにご迷惑をかけはいたしませぬ」

危惧《きぐ》する大久保加賀守に、富山主水が強く言った。

「ならばよい。が目立つな。それと急げよ。いつ本多は加賀へ戻るかわからぬ。もし、間に合わなければ、そなたには長崎以外の遠国へ出てもらうことになる」

左遷するぞと大久保加賀守が富山主水を脅した。

「か、かならずや」

富山主水が背筋を伸ばした。

「ところで、先ほど出た加賀の留守居役だが、名をなんと申したか」

「瀬能と」

「……聞いたことがある名じゃな」

答えた富山主水から目を離して大久保加賀守が呟いた。

「なにか」

「よい。そなたは知らずともな。では、下がれ」

興味を持った富山主水に、大久保加賀守はさっと手を振って退出を命じた。

「……はっ」

執政にそう言われては従うしかない。一礼して富山主水が下部屋から出ていった。

「……瀬能と申したな。富山藩の国家老であった近藤主計から、その名を聞いたように思う。たしか、近藤が張った罠を破った者がそのような名前であったはずだが……確認はできぬか」

大久保加賀守の誘いにのって富山藩の家老だった近藤主計は、参勤交代の途中富山に立ち寄った前田綱紀を襲殺しようとして、失敗した。本家の当主を分家の家老が襲ったのだ。どのような言いわけも利くはずはなく、近藤主計は藩を脱して、江戸の大久保加賀守を頼って逃げて来た。が、失敗したうえにごまかすこともできず逃げ出したような者を受け入れては、大久保家と前田家の争いになる。そして、どう考えても大久保家の旗色が悪い。

近藤主計は知っていることを皆話させられた後、捨て駒として遣い潰されていた。

「瀬能か、うまく取りこめれば、本多へ大きな痛手を与えられそうじゃな」

大久保加賀守が数馬に興味を持った。

三

富山主水から数馬の行動を調べるように命じられた徒目付二宮一太夫《いちたゆう》と小人目付赤《あか》田左兵《たさへい》は、本郷《ほんごう》へ来ていた。

「加賀藩邸だが、そなたは忍んだことがあるか」

「ございませぬ。徒目付さまは」

前田家上屋敷が見えるところで身を潜めながら、二宮一太夫と赤田左兵が話をしていた。

「拙者もない」

徒目付も小人目付も、目付の指示で隠密《おんみつ》のまねをすることがある。さすがに本業の伊賀《いが》者や甲賀《こうが》者に及ばないが、大名屋敷に忍びこんで文箱から書付を盗むことくらいはしてのけた。

「いきなり忍びこむのはまずいか」

「加賀ほどになりますると、隠密除けも十二分でしょう」

二宮一太夫の意見に赤田左兵が慎重論を唱えた。

「瀬能数馬のことを調べるとなると、入らねばなるまい。まさか加賀藩の者に問うたところで、教えてはくれまい」

「化けましょうか」

腕を組んだ二宮一太夫に赤田左兵が提案した。

「なにに化ける」

「どうやら普請をおこなっておるようでございますれば、人足《にんそく》や職人に化けて入りこめるのではないかと」

赤田左兵が告げた。

小人目付の禄は少ない。十五俵一人扶持と町奉行所同心の半分しかなかった。金に直して年に六両ほどなのだ。まさに貧乏長屋で生活している町人と同じか、より悪い。当然、食べてはいけない。幕府から支給されている組屋敷の庭を菜園としているだけではとても足りず、一家総出で内職に励む。それでも喰いかねるので、小人目付のほとんどは、非番となると顔がわからないように頬っかむりをして日雇いの人足仕事に出た。

「大事ないか」

隠密は、見つけ次第殺される。これにかんしては、幕府も一切文句を言わなかった。なにせ、薩摩の島津家や仙台の伊達家だけではなく、幕府は御三家にも隠密を出している。

「将軍家に人なきとき、本家に返すべし」

神君家康によって、御三家は本家の血筋が途絶えたとき、その跡を継承するために作られた格別な家柄、いわば将軍家の兄弟である。その御三家に隠密を入れるというのは、疑っていると、将軍家が表明したも同然になる。

「どういうことでござろうか」

御三家へ入って捕まった隠密を返せと言えば、手痛い逆ねじを喰らわされる。

「……………」

だからこそ、幕府は隠密を救わない。

もっとも、そこまでして御三家を見張るのは将軍の恐怖が原因になっている。家康の言葉が、取りようによって将軍家を脅かすものだからだ。

「人なきとき」

これが問題になっていた。二通りの解釈ができてしまう。

一つは、そのままの通り、将軍家に男子がいなくなったときである。

子どもを作らずに将軍が死んだ、あるいは姫しかできなかった。ようは血統の断絶を迎えたならば、分家から跡継ぎを出すとの意味である。

二つ目が取りようによって、人なきときを将軍としてふさわしい人材ではないときとも読めるのだ。

将軍の嫡男でも器に不足があるとき、御三家がなりかわって天下を握る。

つまり御三家は、近い一門ながら将軍家の座を狙う敵でもあった。

「果たしてみせましょうほどに、うまくいったおりは」

「わかっておる。お目付さまに格別のご配慮をお願いしてやる」

見つめた赤田左兵に、二宮一太夫がうなずいた。

「では、ちと着替えて参りまする」

すっと赤田左兵が離れていった。

「……その間どうするかの」

赤田左兵が着替えて戻ってくるまでの間、ただ待っているのも能がない。

少し思案した二宮一太夫が、前田家上屋敷へと近づいた。

本郷は加賀藩前田家の上屋敷を筆頭に、武家屋敷が並ぶ。御三家水戸徳川家の上屋敷を除けば、残りのほとんどは千石内外の旗本屋敷ばかりになるが、そのお陰で武家の姿は珍しくなかった。

「…………」

無言で加賀藩邸の表門の前を通り過ぎながら、二宮一太夫はしっかり様子を見ていた。

「表門がまだらになっているな。汚れが取れて白木が見えているところも多い。これは削って傷を消したか」

二宮一太夫が呟いた。

言うまでもなく、加賀藩邸へ向かう前にいろいろなことを下調べしている。そのなかには、無頼によって表門を襲われたが、無事撃退したというのも含まれていた。

「表門があれだけやられているとなれば、脇門は破られていたのではないか」

ふと二宮一太夫が疑問を持った。

「回るか」

もう一度表門の前を引き返すのはまずい。先ほどの今では、二宮一太夫の風体を門番が覚えている。

二宮一太夫は遠回りになるのを覚悟で、加賀藩邸を一周して、脇門前へ向かった。

「真新しい」

なかで長屋の普請がおこなわれているため、脇門は開かれている。もちろん、門番となる番士が厳重に見張っているため、なかを覗きこんだり、足を止めてじっくり見ることはできないが、それでも脇門の木材が白木で真新しいのはすぐにわかった。

「こっちは破られていたのか。ということは長屋も破壊された。そうとうな被害ではないか。とても襲撃した者を撃破したとは言えぬぞ」

二宮一太夫は興奮していた。

「加賀藩の留守居役どころではない。本体自体を揺るがすおおごとじゃ。これはきっとお目付さまにお報せせねばなるまい」

評定の場で加賀藩にお咎めなしとなってはいるが、一度裁決が出されたことでも、再審理はあり得る。越後高田騒動のように、新たに評定がおこなわれ、最初の判決を破棄、まったく逆となるときもあった。

「そろそろ赤田左兵も戻るだろう」

成果があったと満足げに二宮一太夫が、加賀藩上屋敷から離れていった。

「二宮さま」

先ほど別れた辻角に赤田左兵が待っていた。

「……赤田か、いや、見事な化けっぷりだの」

声をかけられた二宮一太夫が驚いた。それほど赤田左兵の人足振りは板に付いていた。

「いつもしておるようなものでござれば」

恥じるように顔を伏せながら、赤田左兵が応じた。

「そういうつもりで申したわけではない」

二宮一太夫が詫びた。

「さて、では、行って参りまする」

詫びには反応せず、赤田左兵が加賀藩上屋敷へと歩いていった。

「よし、拙者は富山さまに報告を」

見送った二宮一太夫も踵《きびす》を返した。


何度も洗いざらしたとわかる手拭いで頬っかむりをした赤田左兵は、慣れた様子で小腰を屈め、加賀藩上屋敷の脇門を潜ろうとした。

「待て」

赤田左兵を番士が止めた。

「へえ。なんぞ」

「どこの者だ」

平然としている赤田左兵を番士が誰何した。

「源蔵《げんぞう》親方のところの者で」

適当な名前を赤田左兵が口にした。

「大工か。遅いな」

「ちょっと出先を回ってましたので」

番士の疑問に赤田左兵が答えた。

「よし。わかっていると思うが、御殿には近づくなよ」

「へい」

番士に一礼して、赤田左兵が脇門を通った。

「……さきほどのと、組かな」

「であろう」

番士二人は軒猿であった。

「お頭に報せるか」

「要ると思うか。佐奈《さな》さまが普請場を見張っておられるのだぞ」

「ならば、不要だな」

二人の番士が、所定の位置に戻った。

赤田左兵は、槌音の響くなかをさりげなく歩いていった。

「おいっ、そこの。手が空いているなら、これをあっちの長屋へ運べ」

「へい」

気の荒そうな親方に命じられた赤田左兵が置かれている材木を肩に担いだ。

「……助かったな。これで目立たぬ」

普請場で誰が目立たないと言って、ものを運んでいる人足である。赤田左兵は軽々と材木を所定のところまで運んだ。

「どこへ置けばいい」

砕けた口調で、赤田左兵が目的の普請場で働いている職人に問うた。

「その木は、羽目板《はめいた》にする奴だな。なら、あそこで鋸《のこぎり》を挽いてる野郎に訊きな」

「おうよ」

職人の答えに、赤田左兵が動いた。

「ここでいいか」

「……おう」

赤田左兵に声をかけられた鋸を挽いてる職人がうなずいた。

「他になにか手伝うことはあるかい」

「そうよなあ。水を汲んでくれ。井戸はあちらの残されている長屋に行けばある。黙って取るなよ。声をかけて井戸を使わせてもらえ」

水を向けた赤田左兵に職人が、飲み水の手配を頼んだ。

「わかってる」

手をあげて赤田左兵が、長屋へと足を進めた。

「すいやせん。普請に来ている者でござんすが、お水を頂戴しても」

赤田左兵が、井戸近くにいた女中に尋ねた。

「はい。かまいません」

女中がうなずいた。

「……さすがは加賀さまでございますねえ。お屋敷が広い」

釣瓶《つるべ》を井戸に落としながら赤田左兵が世間話を始めた。

「…………」

「お長屋もご立派だ」

男と話していては不義を疑われる女中は黙っていた。

「そういえば、瀬能さまというお方はこちらさまの」

赤田左兵が思い出したとの体で口にした。

「瀬能さま。たしかにおられまするが……」

知り合いの名前を出された女中が反応した。

「少し前に吉原でお世話になりやして。ちょっと質の悪いのに絡まれたところを助けていただきやして。いやあ、随分と美しい遊女を侍らせておられて、忘れられやせんよ、あのお姿は」

留守居役ならば吉原に出入りしていておかしくはない。赤田左兵が偽りを口にした。

「さようでございますか。瀬能さまならば、存じあげておりまする」

「御礼を申しあげずに逃げてしまいましたので、少し気まずく。どのようなお方でございましょう」

水汲みを続けながら赤田左兵が問うた。

「厳しいお方でございまする。礼儀を知らぬ者にはとくに」

「それはまずいなあ。また吉原でお目にかかったとき、どのような面でお詫びをすればよいのやら」

赤田左兵が困惑して見せた。

「吉原などというところへ、足を踏み入れなければよろしいのではございませぬか」

「そいつは辛い」

冷たく言う女中に、赤田左兵が頭を掻いた。

「水がこぼれてますよ」

女中が指摘した。

「こいつはいけねえ。では、御免を」

慌てて水桶を持ちあげて、赤田左兵が井戸から離れていった。

「……琴さまの夫たる吾が主が、遊女ごときに用があるはずもなし」

女中は普請場を見張っていた佐奈であった。

「どこのものか、少し追わねばなりませぬ」

佐奈が赤田左兵の背中を睨んだ。

四

目付は城中巡回当番でなければ、まず目付部屋にいた。

なにか命じている徒目付たちからの報せをすぐに受け取れるように、居所をはっきりさせる意味があった。

「富山氏」

端座していた富山主水に、別の目付が近づいた。

「添田《そえだ》氏、なにか」

富山主水が顔を見た。

「さきほど、御中門側でなにやらなされていたようであるが」

「役目じゃ」

添田の問いを富山主水は一言で拒絶した。

目付の仕事は密にしなければならない。そのため、同役でも上役の若年寄でも口を出すことはできなかった。

「そうか。お役目ならば、これ以上申さぬがの」

「なんだ、添田氏」

奥歯にものの挟まったような添田に富山主水が嚙みついた。

「陪臣ごときに、押さえこまれるようでは、目付としてどうかと思うぞ」

「なんだとっ」

まっすぐに言った添田に、富山主水が目を剝いた。

「もう、城中で噂になっておるわ。黒麻が立葵《たちあおい》にあしらわれたとな」

徳川一門以外で葵を紋に使えるのは、本多家だけである。もともと賀茂神社の神官であった本多家が神紋の立葵だったのを、松平家が願って家紋にしたのだ。顔を知らなくとも、裃に付けられている立葵の紋で、誰もが本多だとわかった。

「むっ」

富山主水が詰まった。

「目付の評判というのも気にしてもらいたいものだ」

「…………」

嘲弄《ちょうろう》する添田に、富山主水が黙った。

「本多安房にどのような失策があった」

「役目じゃ」

問うた添田に富山主水は同じ答えを返した。

「言えぬか。いや、なにもなかったのだろう」

「…………」

まだ訊く添田から富山主水は目を逸らした。

「目付は陪臣などを相手にせぬ。なのに咎めのない本多安房に絡んだ。どなたかに頼まれたか、そそのかされたか。どうでもよいことだが……」

　そこで添田が一度言葉を切った。

「あまり目付という役目を安く売ってくれるなよ。今回は本多も表沙汰にする気はないようであるし見逃すが……次はない」

「なにさまのつもりだ、添田」

　脅した添田に富山主水が憤慨《ふんがい》した。

「不偏不党の目付じゃ」

「…………」

　誰にも与《くみ》せぬと宣した添田に、富山主水が言葉を失った。

　言うだけを言ったと添田が離れていくのを富山主水は見送るしかなかった。

「富山さまは」

　呆然としていた富山主水の耳に二宮一太夫の声がした。

「今、行く」

　目付部屋には他人に見せられない書付もある。配下である徒目付といえども足を踏み入れることはできなかった。

「……いかがなさいました」

　目付部屋近くの廊下で膝を突きながら二宮一太夫が、富山主水の顔色が悪いことに触れた。

「大事ない。それより、瀬能はどうであった」

「瀬能ごときの話ではございませぬ。さきほど……」

二宮一太夫が加賀藩上屋敷でのことを語った。

「無頼を撃退し、被害がなかったというのは、偽りだと」

「さようでございまする」

興奮した二宮一太夫が首肯した。

「そうか。そうか。加賀は御上を謀っていたのか。それは許せぬ。よくぞ報せた。褒めてとらす」

「かたじけなきお言葉」

目付は滅多に配下を褒めたりねぎらったりしない。やって当然という顔をするだけである。それが、二宮一太夫の功績を認めた。

「そなたは、続けて加賀藩上屋敷を見張れ」

「お任せを」

「うまくいけば、そなたも小人目付も気にかけてくれる」

「よろしくお願いいたしまする」

歓喜して二宮一太夫が、富山主水の側から辞した。

「本多どころではない。前田を潰せる好機だ。このお話をすれば、さぞや大久保加賀守さまもお喜びになることだろう」

富山主水が満足そうに笑った。

一日の仕事を終えたら、日銭が渡される。それが日雇いの人足の楽しみであった。

「酒だな」

「先に行くぜ、見世開けでなきゃ、初物はいただけねえ」

酒と遊女で生きているような者ばかりである。

わずか二百文ほどの金を握って、加賀藩上屋敷を後にした。

「…………」

そのなかに赤田左兵はさりげなく混じっていた。

金は欲しいが、日当の金は人数分しかない。赤田左兵がもらえばあぶれる人足が出てくる。

「一人多い」

「誰だ、二人分持っていった奴は」

た。


「いいと言うまで帰るな」

　普請場は騒動になり、人足が足留めされる。

　材木を運んだり、水を汲んだり、いろいろと働いたぶんは、あきらめるしかなかった。

　赤田左兵は、適当なところで人足たちから離れた。

「もう夜になる。報告は明日でいいか」

　敵地に潜りこんでいるという緊張と肉体労働で疲れている。赤田左兵は組屋敷へと
帰路を急いだ。

「…………」

　その赤田左兵を佐奈が追っていた。

「……組屋敷か。となれば……あやつは御上の隠密」

　佐奈が赤田左兵の消えていった組屋敷を見た。

　幕府の下級役人たちの組屋敷は、塀をめぐらせ、門構えを持つが、どちらも簡素な
ものであった。門も二枚の板を合わせただけの安普請で、当然のことながら門番小屋
などなかった。

「隠密とはいえ、伊賀者屋敷ではないな」

伊賀者の組屋敷は四谷《よつや》にあり、もう少し立派であった。

「腕も悪い」

あれほど露骨な聞き合わせは、佐奈も初めて受けた。

「その割に、人足姿は板に付いていた」

慣れていない格好をすると、どこかに違和が出る。男が女の格好をしたところで、歩くときの裾さばき、ようは腰の骨の使いかたが違うので、見る者が見ればすぐにわかった。

「とにかくご報告をいたそう」

忍の仕事は耳目であって、頭脳ではない。的確な情報を持ち帰り、余分な感情や推測をくわえることなく報告する。考えることは本多政長、あるいは数馬の仕事であった。

「……ということでございまする」

長屋へ戻った佐奈は、本多政長と数馬にいきさつを告げた。

「ご苦労である」

「助かったぞ、佐奈」

本多政長と数馬が佐奈をねぎらった。

「お茶を」

報告を終えた佐奈が、瀬能家の女中に戻った。

「数馬、どう見る」

「あの目付のかかわりではございませぬか」

本多政長の問いかけに、数馬が答えた。

「うむ。儂もそう考える。聞けば目付の配下の徒目付などは隠密もこなすという」

「今更、隠密でございまするか。当家に探られるようなものはございませぬ」

同意した本多政長に、数馬が述べた。

「百万石というだけで、虫は寄ってくるものよ」

本多政長が、ため息を吐いた。

「数馬のことを尋ねていたと佐奈が申していたが……」

「理由がわかりませぬ」

「思いあたるのが多すぎてわからぬのではないか」

首を左右に振った数馬に、本多政長が笑いかけた。

「ご勘弁を」

数馬が苦笑した。

「それよりも、普請場を見られたようでございまするが、よろしかったので」

「問題はない。長屋の建て替えなど、どこの藩でもやっていることだ。たとえ大目付が監察に来たところで、もう破壊された跡なぞないわ」

本多政長が数馬の懸念を払った。

「あの目付が来るのでは」

数馬は隠密が富山主水の配下ではないかと危惧した。

「目付は大名の監察はできぬのが建前じゃ。手入れをしに来ても、拒めばすむ」

なんでもないことと本多政長が首を横に振った。

「上様には頼れぬからな。頼るのは簡単であるし、あの目付くらい辞めさせられるだろうが、上様に借りを作るのはまずい。なにより、このていどの小者の相手もできぬのかと、本多佐渡守の孫は随分落ちるなと落胆されよう。そうなれば、ようやく和らいだ加賀への眼差しが変わりかねぬ」

本多政長が危惧を口にした。

「上様への借りでございますか。それは怖ろしい」

数馬が身を震わせた。

「あのていどの小者、放っておけ」

本多政長が手を振った。

「それよりも、紀州よ」

「紀州……ああ。沢部でございますな」

ため息を吐きながら言った本多政長に、数馬が思い出した。

「で、答えは出たか」

本多政長が、沢部修二郎と会ったときの帰り道で出した課題の答えを求めてきた。

「……考えましたがわかりませぬ。なぜ紀州徳川家が、本多家、いえ、義父上との繋がりを欲するのか」

素直にごまかさず、数馬が首を横に振った。

「御三家はなんのためにある」

「将軍家にお血筋なきとき大統を絶やすことがなきよう、継承者を出すためでございまする」

問われた数馬が答えた。

「そうじゃ。そのために御三家には、十一人いる神君家康公の男子のなかで本家を除けば、唯一徳川の名乗りを許されている。これも将軍を出すためである」

「わかりまする」

数馬が首肯した。

「ではなぜ、松平の名乗りではいかぬのか。神君家康さまもかつては松平であられた」

「たしかに、ご本家さまだけが徳川で、あとの方は松平でも構わぬはず」

言われた数馬が手を打った。

「だが、尾張、紀伊、水戸の三家だけに徳川の名乗りを許し、とくに御三家として他のご兄弟よりも上席におかれた。それはなぜか」

「……わかりませぬ」

数馬がうなだれた。

「御三家の長である尾張徳川家、その始祖である権大納言徳川義直《よしなお》さまのお生まれを考えればわかる。義直さまは慶長《けいちょう》五年（一六〇〇）十一月のお生まれである。これでわかるであろう」

本多政長がほのめかした。

「慶長五年といえば……関ヶ原の合戦」

すぐに数馬が気づいた。

「さすがにそれくらいはわかるか」

本多政長が唇を緩めた。

　今でこそ加賀藩士だが、本多家も瀬能家も徳川の旗本を祖とする。徳川家康の経歴、いや事績は子供のころに教えこまれる。

「九男の義直公が関ヶ原の二ヵ月後のお生まれ。当たり前のことながら、十男頼宣さま、十一男頼房《よりふさ》さまは、それ以降のお誕生になる」

「つまり、神君が天下を制されてからお生まれになったお方に、御三家の称号をお与えになった」

「そうじゃ」

「徳川が天下を取ってからの子、ゆえに本家ではないが将軍を出すことができる。それ以外の兄弟を押さえつける理由にもなるだろう」

「なるほど」

　数馬が納得した。

「その御三家がなぜ儂との縁を繋ぎなおしたいのか。今まで放っておいて今というのはなぜか。一つは琴の前夫が死んだというのもあるだろう。琴を妻に迎えておきながら、己より賢い女は好みに合わずと、初夜だけすませて放置したのち、子ができぬのでは困ると突っ返した馬鹿がいる間はどうしようもない。それこそ、厚顔無恥と天下の嗤《わら》いものだからな」

「もう一つは」

嘲笑を浮かべた本多政長に数馬が尋ねた。

「上様よ」

「……上様で、ございまするか」

数馬が首をひねった。

「まことに畏れ多いことながら、儂は上様より登城勝手をお許しいただいた。おそらく陪臣としては前代未聞の厚遇であろう」

「はい」

「いつなりとても登城し、話を聞かせよ。これがどれほどの意味をなすか、数馬もわかろう。儂が上様にお目通りを願えば、老中であろうが小姓であろうが、止めることはできぬ。もし、邪魔すれば、それは御意に反したことになる。たとえ老中であろうとも、許されぬ僭越《せんえつ》じゃ。つまり、儂はいつでも上様に意見が言える。これを覚えておけ」

「はい」

数馬が首を縦に振った。

「そこで五代将軍継承の前にときを戻す。四代家綱さまが床に臥せられたとき、跡継ぎとなる男子がなく、誰を五代さまの座に推挙するかで幕閣がもめた」

「殿が五代将軍にと言われたときでございますな」

前田家五代綱紀は二代将軍秀忠の曾孫に当たる。女系とはいえ、徳川家の血を引いていた。

「そのとき、御三家の名前はあったか。尾張、紀伊、水戸、どこかの当主を推したものはいたか」

「おられませなんだ」

確かめた本多政長に数馬は首を左右に振った。

「御三家の意味がなくなった。これは前例になる。この先、また将軍家に継承の問題が起こったとき、御三家へ声をかけなくてもよくなる。それを紀伊徳川家は怖れた」

「むうう」

「御当代さまには幼いとはいえ徳松《とくまつ》君という跡継ぎがあらせられる。だが、もし徳松君に何かあって、ふたたび継承の問題が起こったとき、また御三家は蚊帳の外に置かれかねない。それを紀州家は危惧したのだろう。そうなったとき、儂を使い、上様に御三家のことを思い出してもらう。ようは儂から紀州家こそ次の将軍たるにふさわしいと言わせたいのよ。そのための人質として琴が欲しい」

「そのようなことのために、琴を使おうなど……」

本多政長の言葉に、数馬が憤慨した。

五

本多政長が留守をしている間の藩政を前田綱紀は、前田対馬孝貞《つしまたかさだ》、前田備後直作《びんごなおなり》ら一万石をこえる人持《ひとも》ち組頭を駆使して、回していた。

「主殿《とのも》はどうした」

本多政長の代わりを務める本多家の嫡男主殿政敏《まさみち》の姿がないことに、綱紀が気づいた。

「なにやら家の都合で、本日は欠席いたしたいとの届がでておりまする」

前田直作が答えた。

「家のことで……そうか」

綱紀がうなずいた。

「どうやら、馬鹿の片付けを始めるようだな」

「はい」

「おそらくは」

小さく笑った綱紀に、前田直作、前田孝貞が同意した。

「少し藩内ががたつきましょうが、さほどのことにはならぬかと」

前田孝貞が付け加えた。

「爺も爺だが、息子も息子だな。本多の血というのは、なんともすさまじい」

「もっとも本多の血が濃いのは、琴どのだそうでございますぞ。その琴どのが、瀬能の妻になられた。その間に生まれた子供が育ったとき……」

あきれた綱紀に、前田孝貞が語りながらも、最後をごまかした。

「本多が二軒に増えるか。やれ、余の代でないことを祈るわ」

綱紀がため息を吐いた。


噂をされていた本多主殿の前で、軒猿が一人控えていた。

「阪中玄太郎《さかなかげんたろう》はあいかわらずか」

「はい。毎日とは申しませぬが、ほぼ連日」

軒猿が阪中玄太郎の行動を報告した。

「そろそろいいかの」

「仰せのままに」

問うような本多主殿の言葉に軒猿が首肯した。

「では、阪中をあぶり出す。軒猿は何人出せる」

「男だけならば……六名、女も入れてよいならば八名は」

軒猿が答えた。

「女軒猿は琴のもとにおるのだな」

「さようにございまする」

確かめた本多主殿に軒猿がうなずいた。

「琴の護りを薄くすることになるの」

本多主殿が難しい顔をした。

「ならば、男だけで……いや、六名で敵地に攻め入るのは少なすぎる。永原主税《ながはらちから》の支配下にある歩き巫女《みこ》は多いぞ」

歩き巫女とは戦国のころ、全国を歩いてお札を売り、ときには閨《ねや》に侍《はべ》って寄進を求めた者で、能登や加賀の一部の神社が荘園を奪われ、困窮したことで生まれた。巫女ということで関所でも止められず、地方権力者のもとにも招かれることが多かったことで、色々な情報を見聞きした。

その歩き巫女に目を付けたのが、能登の国人領主であった長氏《ちょう》、温井氏《ぬくい》、遊佐氏《ゆさ》などであった。温井氏は遊佐氏との争いで没落し、遊佐氏は織田信長の能登侵攻に逆らって滅ぼされ、長氏だけが歩き巫女を持ち続けてきた。その歩き巫女を取りまとめているのが、長氏の家臣で姻族の永原主税孝政《たかまさ》であった。

「地の利と数の利が向こうにあれば、どれほど軒猿が優れていようとも、不利になる」

「…………」

本多主殿の言葉に軒猿は抗弁しなかった。

多勢に無勢は真理である。それを補うのが、ときの利、地の利である。その一つ地の利が端《はな》からないのだ。腕にどれだけ自慢があろうとも、大口は叩けない。

「どれ、琴に頼んでくるか」

本多主殿が立ち上がった。

数馬と仮祝言をすませ、一夜の交情もなした琴だったが、婚家である瀬能ではなく、本多で生活していた。

琴がいることで瀬能の家に何かがあってはいけないとの気遣いからであった。

「いいかな」

不縁になってからずっと琴の居室となっている奥の座敷へ、本多主殿が訪れた。

「兄上さまでございますか。どうぞ」

いかに兄妹とはいえ、女の部屋へ許しもなく入るのはまずい。

「邪魔をする」

「どうぞ、こちらへ」

入ってきた本多主殿に、琴が上座を譲った。

「夏《なつ》、お茶を」

「はい」

針仕事をしていた琴に従っていた女中の夏が、隣室へと移った。

「縫いものかい」

本多主殿が、琴の後ろに置かれた縫いものに目を向けた。

「はい。夫の常着をと思いまして」

琴が右手で愛《いと》おしそうに縫いかけの常着を撫でた。

「おまえが縫いものをするようになるとは、思わなかった」

心底本多主殿が驚いた。

「わたくしも、針を持つことになるとは思ってもおりませなんだ」

言われた琴が苦笑した。

「ですが、愛おしい殿方のためになにかいたしたくなりまして……」

琴が華の咲いたような笑顔になった。

「……怖ろしいことだ。女はここまで変わるか。紀州から帰ってきたときは、能面のようであったというに」

「人形として扱われたので、感情を消しておりました。今は、一人の女、いえ、妻として扱われておりまする」

感心する本多主殿に琴がもう一度苦笑した。

「どうぞ」

夏が茶を点《た》てて、本多主殿の前に置いた。

「いただこう」

本多主殿が茶を喫《きっ》した。

「馳走《ちそう》であった。腕をあげたの、夏。茶に甘味を感じた」

「お誉めいただき、恐縮いたしまする」

夏がていねいに頭を下げた。

「さて……」

本多主殿が茶碗を置いて、本題に入った。

「夏と楓《かえで》を貸して欲しい」

「……二人を」

兄の頼みに、琴が首をかしげた。夏と楓は、琴が預かっている女軒猿四人のなかでも、とくに優れた技術を持っている。

「荒事でございますか」

「手が足りぬのだ」

念のためにと訊いた琴に、本多主殿が実状を口にした。

「相手は、どなたでございましょう」

「歩き巫女じゃ」

続けて問うた琴に、本多主殿が隠さず答えた。

「また珍しい者を。ということは長さまですね。ですが、今の長さまが殿に刃向かうようなまねをいたすとは思えませんが」

能登の国人大名で織田信長によって前田家の寄騎となった長氏は、関ヶ原の合戦以降も長く家臣ではなく、その状態にあった。

「藩内に藩は要らぬ」

長氏の領土には、前田家の支配が及ばない。前田家が藩としてこうすると決めたことにも、長氏は従わなくてよいのだ。それでは、藩政に障害が出ると考えた綱紀は、長氏の相続に介入、跡継ぎを廃嫡させ、その子供を当主にするという荒療治をおこない、織田信長に与えられた領地だとして頑なに拒み続けた前田家への臣従を無理強いした。

その強権に現当主の長尚連《ひさつら》は恐れおののき、身を縮めていた。

「過日の栄光を忘れられぬ馬鹿がおるのよ」

「主税でございますか」

あっさり琴が見抜いた。

「なぜ、おまえはこの部屋から出ぬのに、知っておるのだ」

本多主殿がため息を吐いた。

「女ほど噂話の好きな者はおりませぬ。そして女は男に対して身構えはしますが、女同士ならば安心するもの」

「やれ、では最初から気づいていたのか」

「はい。吾が夫にかかわりなくば手出しするつもりはございませぬ」

ため息を吐いた本多主殿に琴が微笑んだ。

「義弟にそれを見せるなよ」

「いたしませぬ。わたくしは陰から夫を支えるだけでございますれば」

釘を刺した本多主殿に、琴がうなずいた。

「さて、夏、お手伝いをいたしなさい」

「はい」

顔を向けた琴に夏がうなずいた。

「どうぞ、兄上、心おきなくお使いを」

琴が認めた。

「借りる。できるだけ無事に返す」

「ご懸念なく、夏と楓は傷一つ負いませぬ」

申しわけなさそうな兄に、妹が胸を張った。

第五章　妄執の崩

一

藩が改易、あるいは減封されたことで浪人となった者は、おおむね三つの道を取ることになる。

一つ目は幸運に恵まれた者である。勘定に精通している、あるいは強力な伝手《つて》があるなどで、他藩へ仕官が叶った者たち。

二つ目は多くの者がたどる。仕官をあきらめ在所で帰農するか、寺子屋で読み書きを教えるか、剣道場などで代稽古をするか、とりあえず生計の道を開いた者たち。

そして三つ目が、仕官をあきらめてはいないながら、そのための努力もせず、正業にも就かず、ただその日を無意味に過ごす者たち。

だが、このなかでもっとも長く交流を続けるのは、三つ目の無為に過ごす浪人たちであった。

「のう、なにかよい仕事はないか」

「某が商家の後家《ごけ》のもとに転がりこんだそうだ。うまくやったものよ」

安酒を持って仲間の家に集まっては、愚痴や噂話に終始し、仲間が己よりも幸福ではないと確認して安堵している。

「うまくやりおったな」

「鬼頭と山中であろう。あやつらは家中に親戚がおったでな」

「親戚くらいならば、拙者にもあるぞ」

「おぬしの親戚は、お目見え以下ではないか。とても仕官の口を世話できる力などなかろうが」

今日も一日の仕事を終えた浪人たちが、一人の長屋に集まってくだを巻いていた。

「おるか」

「閂《かんぬき》なぞ、かかってない。勝手に入ってこい」

長屋の戸障子ごしに聞こえた訪ないの声に、誰かが返事をした。

「邪魔をする」

戸障子を開けて、二人の武士が入ってきた。

「誰だ……」

「まさか、鬼頭と山中か」

「すっかり見違えたぞ」

長屋でたむろしていた浪人たちが、入ってきた鬼頭と山中を見て、驚いた。

「そうか」

照れくさそうに鬼頭が頭を掻いた。

浪人は身形《みなり》にかけるほど金がない。髪結床《かみゆいどこ》にいく金があれば、それで飯を喰う。最初こそ、身ぎれいにして武士の矜持はまだありと見せていても、そんなもの飢えの前には、水に濡れた薄紙よりも弱い。なんとか自力で剃っていた月代《さかやき》もほったらかしになり、切りそろえていた髷《まげ》も伸ばし放題になっていく。それが親代々の浪人となると、生まれてこの方月代なんぞあたったこともない。総髪《そうはつ》が当たり前になっている。

しかし、主持ちとなるとそれは許されなかった。

そもそも月代は、兜《かぶと》をかぶったときにずれたり、蒸れたりしないようにするために剃る。

もともとは戦のたびに髪を毛抜きで抜いていたらしいが、出血と傷で倒れる者が多発、それにあきれた織田信長が剃るようにしたという言い伝えが残っている。

ようは、いつでも兜をかぶって戦場へ出られるという覚悟が手入れされた月代なのだ。主君がなく、戦場へ出ることのない浪人にはやる意味がなく、主持ちの侍はかならずしていなければいけないと決まっていた。

となれば、総髪も許されなかった。髪の毛が多くて兜が入りませんなど笑い話にもならない。

言うまでもないが、髪だけではない。ひげも剃り、風呂に入り、身につけている衣服も垢じみていたり、つぎはぎがあっては困る。

家臣がみすぼらしい姿をしていると、主君の恥になる。十分な手当もやれていないと主君が嘲笑される。

それを防ぐため、仕官が決まると藩からわずかながら支度金が出た。

「酒を持ってきた」

「握り飯もな」

鬼頭と山中が手土産を差し出した。

「酒か、水で薄めていないだろうな」

「握り飯か。朝からなにも喰ってない。ありがたい」

集まっていた浪人たちが、一気に寄ってきた。

「落ち着け、落ち着け。酒も握り飯も逃げはせん」

山中が苦笑した。

「まずは、存分にせい」

「……今日は、どうした」

鬼頭が秩序ある行動をあきらめた。

一升の酒と二十はあった握り飯は、それこそあっという間になくなった。

長屋の主の浪人が、湯呑みに酒が残っていないかと覗きこみながら訊いた。

「朗報を持って来た」

「……朗報」

二人を代表して鬼頭が言った。

「まさか……復籍できるのか」

浪人たちの表情が変わった。

「できるとはいわぬ。一応、大久保家はご加増に伴う軍役の補充を終えた」

「どういうことだ」

長屋の主の浪人が首をかしげた。

「手柄がないと、召し抱えるだけの名分がない」

問われた鬼頭が答えた。

「待て、待て。おぬしたちも手柄など立てておらぬだろう」

握り飯の残り粒を一つ一つ口に入れていた大柄な浪人が不満を漏らした。

「それは運だとあきらめろ」

山中が首を横に振った。

「納得できんぞ」

「ならば、今回の話は別の者に持っていく。残念だ。顔見知りの貴殿たちをと最初に話を持ちこんだのだが」

まだ文句を言う大柄な浪人に、山中が冷たい顔をした。

「そうだな。では、壮健での」

鬼頭も腰をあげた。

「慌てないでくれ。おい、森田《もりた》、おまえは黙っていろ」

長屋の主が大柄な浪人を制した。

「…………」

森田と呼ばれた大柄な浪人が黙った。

「すまん。浪人だ。どうしても幸運に恵まれた者をひがむ。わかっているだろう」

「一度だけだ。もう一度、我らの言うことを遮ったら、二度とおぬしらとは会わぬ」

詫びた長屋の主に、鬼頭が氷のような声を浴びせた。

「……ああ」

長屋の主が首肯した。

「聞け。殿は浪人となった旧臣たちの窮乏を思い、心を痛めておられる。しかし、大久保家の石高に見合うだけの数は足りている。そこでわずかな禄でよければ、もう後幾ばくかの者を呼び戻したいとお考えになられた」

「おおっ」

「我らにも仕官の道が」

浪人たちが喜んだ。

「待て、抱えると申したが、なにもなしでは他の家中への示しが付かぬ。旧臣だというだけで抱えていては、人が溢れる。それくらいはわかるだろう、左右田《そうだ》」

「ああ」

納得はしていないという表情をしながらも、左右田と話しかけられた長屋の主の浪人がうなずいた。

「そこで手柄の話になる」

「なにをすればいい」

左右田が訊いた。

「大久保家と今はかかわりがなく、浪人させられたことに不満を持つ者。父や祖父が浪人せざるをえなくなった原因に恨みを持っていて当然な者。わかるだろう」

山中が詳細を言わず匂わせた。

「大久保家を一時衰退に落とした原因……本多か」

促すような山中に、左右田が気付いた。

「本多が江戸に来ていることを知っているか」

「いや、知らぬ。興味さえない。いや、本多のことなど考えたことさえない」

生きていくためには恨みも恩も忘れるしかない。そんなことより、どこの普請場の賃金がいいかのほうが大事なのだ。

「来ておるのよ」

「まさか、本多の首を持ってこいと」

左右田が息を呑んだ。

「馬鹿なことを口にするな。ここは将軍家の城下町だぞ。そこで首を獲るなど不吉極まりない」

鬼頭が左右田を叱りつけた。

「すまぬ。ではどうすればいい」

「恥を掻かせるだけでいい。本多が二度と江戸へ顔を出せぬようにせよとのことだ。これならば、そなたたちでもできよう。本多に恨みを持つ浪人の仕業とあれば、おかしくはない」

山中が大久保加賀守の名前を出さず、伝えた。

二

加賀藩上屋敷のことを富山主水は、勢いこんで大久保加賀守に報告した。

「まちがいなく、前田家は無頼によって被害を受けておりまする。前田は御上を謀り、罪を免れておりまする。これを糾弾すれば……」

「たわけがっ」

他の者の入ってこない下部屋だが、なかで大声を出せば外に聞こえる。そんなことなど重々承知しているはずの大久保加賀守が怒鳴った。

「も、申しわけございませぬ」

どこに怒られる要因があったのかはわからなくても、権力者の気分を害したのだ。言いわけをする前に詫びなければならなかった。もちろん、言い返すなど論外、それが役人として生きていくための条件である。

「そのことについての評定があったのはわかっているだろう」

「はい。本多が弁舌を振るい、罪を免れたと。これが偽りをもとにしたものであれば、御上を謀ったも同然。本多はもちろん、前田も厳しく咎められましょう」

訊いた大久保加賀守に、ここぞと富山主水が効果は大きいと訴えた。

「……この、役立たずが」

ぐっと声を押し殺しながらも、大久保加賀守は富山主水に罵声を浴びせた。

「あの評定を司ったのは余じゃ。もし、あの評定をひっくり返すとなれば、どうなる。少し目付が調べたていどでわかるくらい、児戯《じぎ》にひとしい策にまんまとはまった愚か者と、余はなるのだぞ」

「あっ」

一度失敗して焦っていた富山主水は、そこまで思いが及んでいなかった。富山主水が唖然とした。

「……もうよい」

富山主水の様子に脱力した大久保加賀守が、嘆息した。

「以降は好きにいたせ」

「それでは……」

「失敗は誰にでもあるというが、執政にそれは許されぬ。執政の失敗は天下も揺るがす。ゆえに、執政に近い者も失敗してはならぬ。でありながら、そなたは失敗をした」

「…………」

本多政長を取り押さえられなかったことを指摘されている富山主水がうつむいた。

「なにより出世していく者は気配りができねばならぬ。吾が吾がと出しゃばる者は、杭《くい》のごとく打たれ、沈んでいく。それを避けるためには、あらゆることに気を配り、枝葉の先の先まで目を配らなければ、吾が身を守れぬ」

「…………」

説教を受ける富山主水の顔色は紙のようであった。

「さらにそなたは果断さに欠けた。なぜ、本多安房を押さえなかった」

「それは言い逃れされ……」

詰問された富山主水が答えた。

「なさけない。たかが陪臣の言などに気を遣うからじゃ。有無を言わさず、別室へ閉じこめ、外と連絡が取れぬようにすればよかったのよ。そうすれば、どのようにでもできた。目付は公明正大、誰もがそなたの言いぶんを信じ、本多安房の抗弁などに耳を貸さなかったろう。それを廊下などという他人の耳目のあるところで遣り合うなど、愚の骨頂じゃ」

「さようでございました」

厳しく指弾された富山主水が認めた。

「そなたを出世させては、後々問題がでかねぬ。今までのことはなかったものと思え」

富山主水、栄達の道を大久保加賀守が断った。

「ああぁ」

「二度と会うことはあるまい。出ていけ」

大久保加賀守が犬を追うように手を振った。

「…………」

命じられた富山主水が悄然《しょうぜん》としながら出ていった。

「まったく役に立たぬ者ばかりではないか」

大久保加賀守が嘆いた。

「残るは浪人どもだけか」

大久保加賀守が右手親指の爪を噛んだ。


放り出された富山主水は、呆然としていた。

「お目付さま、どうなさいました」

下部屋から声がかかるのを待って控えているお城坊主が富山主水へ近づいてきた。

「……なんでもない」

富山主水が手を振った。

「さようでございまするか。では」

すっとお城坊主が離れていった。目付に長く絡んでは碌なことにはならないとわかっているからである。

「……どうする。このままでは未来《さき》はない」

老中に嫌われて、役人はやっていけない。目付を辞めさせることはできなくとも、出世の邪魔はできる。

「加賀のことを調べているのも無駄になる……いや、無駄にしなければいい」

少しだけ富山主水の気力が戻った。

「問題は誰に売るかだな。余を捨てた加賀守を押さえられるとしたら……老中首座堀田備中守さましかないか」

富山主水が決断した。


本多政長は酒井河内守とともに呼び出されて以来、数馬の長屋を出ず、無為《むい》に過ごしていた。

「何年ぶり、いや何十年ぶりかの。こうやって午睡を取るのは」

昼餉《ひるげ》を終えるなり、本多政長が横になった。

「よろしいのでございますか。国元を放置しておいて」

数馬が思わず気遣った。

国元では、嫡男主殿によって、本多政長を当主の座から引きずり下ろす企みが進行している。

「かまわぬ。いや、できれば本当に隠居させてもらいたいな。この後は孫の扶育で老後を過ごすのもよい」

本多政長が笑った。

「殿がお許しになるとは思えませぬ」

「年寄りに苦労をかけるようでは、殿もまだまだじゃなあ」

数馬の言葉に、本多政長がため息を吐いた。

「義父上……」

「ふふん」

あきれる数馬に、本多政長が鼻で笑った。

「今、儂が帰っては意味がないのよ」

「意味がないと仰せられるのは」

仰向けになって天井を見つめた本多政長に数馬が怪訝な顔をした。

「数馬も知っておろう。国元には馬鹿が何人かおることを」

「…………」

すなおに同意はできない。かといって否定もできない。数馬は黙った。

「前田対馬は、野心を持ってはおる。なにせ、尾張前田の本家筋になるからな」

本多政長が述べた。

前田対馬孝貞の先祖長種《ながたね》は下之一色《しものいっしき》城主として織田信長に仕えており、その分家が加賀藩前田家の祖利家《としいえ》であった。本能寺の変で織田信長が横死した後、その次男信雄《のぶかつ》に仕えたが、途中で羽柴《はしば》秀吉に寝返り、徳川家康らによって居城を奪われ、一族の前田利家を頼ってその家臣となった。

「対馬は殿が五代将軍となられたのち、加賀の前田を継ぐのは本家たる吾だと考えて、動いた。しかし、謀叛を起こそうとまでは考えていない。当たり前だな。二代将軍秀忠公の血を引く殿を害した者を御上が許すはずもない」

「ではもう安心だと」

「安心はできぬ。対馬は殿に逆らわぬ。だが、野心は消えていない。対馬の野心は、加賀のなかで主家に次ぐ地位になりたいに代わった。徳川で言う御三家だな。いざというときに加賀藩主を出せるだけの禄と格式。それが欲しい」

「加賀藩随一の格式と禄……ということは」

「本多をこえたいと思っておる」

目を剝いた数馬に本多政長がうなずいた。

「といったところで、わしの目が黒いうちは、そのようなまねは許さぬ。本多には本多の矜持がある。本多は末代まで加賀を支える筆頭宿老であり続ける。だが、今、儂が隠居して主殿に家を譲ったとして……」

本多政長が目を閉じた。

「軽すぎるのよ。主殿では。主殿も十二分に本多の血を受け継いでいる。だが、実績がない。ずっと儂の陰に隠れてきたからな」

「…………」

無言で数馬が先を待った。

「そろそろ主殿に手柄を立てさせ、本多佐渡守の血は健在と見せつけなければならぬ。そのために、儂はことが終わるまで江戸に残る」

「ことと申されますると……前田対馬さまのこと以外でございまするか」

数馬が訊いた。

「そうだ。一つは越中富山家の近藤主計だったが、そなたの手で潰れた。続いて越前松平家の手出しも、詫び状で封じた。もう、越前松平は加賀に何一つできぬ」

「はい」

両方とも思いきりかかわっている。数馬が首肯した。

「そして残ったのが、獅子身中《しししんちゅう》の虫よ」

「獅子身中の虫……」

「ああ。それを今、主殿があぶり出そうとしておる。いや、ひねり潰す。そうすれば、おそらく殿が主殿を褒め称えてくださろう。儂に劣らぬとな」

「義兄上《あにうえ》に箔を付けると」

「そうよ」

本多政長が認めた。

「ゆえに儂は遠くにおらねばならぬ。金沢にいては、主殿の後ろに吾が影を感じる者がでてくるからな」

「なるほど。では、義父上と義兄上の亀裂は、策」

「策なあ、多少主殿の私怨も入っているだろうよ。いつまで経っても部屋住みのままだからな」

感心した数馬に本多政長が天井を見つめながら、嘆息した。

「まあ、そのへんは琴がどうにかしてくれるだろう。主殿も昔から琴には甘い。いや、妹という立ち位置を琴が利用して、主殿をそう仕向けたのかも知れぬが」

「……義父上」

数馬がなんとも言えない顔をした。

「どうした」

上を向いていた顔を本多政長が、数馬のほうへ向けた。

「琴の恐ろしさをさりげなく告げるのは止めていただけませぬか」

数馬が情けない目で本多政長を見た。

「なにを言っている。もう、そなたは琴の手のひらのうえよ。あきらめて生涯翻弄されるがいい」

本多政長が口の端を吊り上げた。

「かわいい娘を奪っていく男というのはな、父親にとって敵よりも憎いものなのだ」

「憎いでございますか、わたくしが」

数馬が少し身を引いた。

「……違うな。そなたは憎くはないの。なにせ琴が選んだのだ。その男を儂がけなしてみろ、儂が琴に嫌われるわ」

「では、わたくしは義父上にとって、なんなのでございましょう」

数馬が尋ねた。

「材木の切れ端だな」

「……それはっ」

言われた数馬が絶句した。材木の切れ端など、なんの役にも立たない不要物でしかない。よくて風呂の焚き付けであった。

「怒るな。材木の切れ端はな、削りようでなんにでもなる。一流の職人の手にかかれば、仏像にも、木彫りの熊にでも、花生けにもなる」

「なんにでもなれると」

「そうよ。儂がそなたを育てているのは、職人が木に刃物を当てて形を造ろうとしているのと同じ。今はまだ、そなたがなにになるか、儂にもわからぬ。ひょっとすれば何十年か後、加賀で家老をしているかも知れぬし、かつてのように珠姫さまの墓守で日々を過ごしているやも知れぬ」

「義父上が形を造られていると」

「すべてを他人に任せるな。もし、儂が刃物を入れるところをまちがえればどうなる。仏像を造っていたのに、その首を切り落としたら……残るのはただの木屑ぞ」

厳しく本多政長が言った。

「木屑……」

数馬が息を呑んだ。

「そうなりたくなければ、儂の入れる刃先を感じ、ここに当ててくれと身を動かせ。いや、そこではない、こっちだと誘え。入れられてたまるかと抵抗して見せろ。一流の職人がよく言うが、木が教えてくれるという状況を作れ」

本多政長が数馬を叱咤した。

「儂の老後を楽しませてくれ」

起きあがった本多政長が、数馬に求めた。

三

鬼頭と山中に使嗾《しそう》された左右田たち五人は、本郷の加賀藩上屋敷が望めるところでたむろしていた。

「なあ、いつまで続けるのだ、これを」

浪人一人があてのない見張りに早くも文句を垂れた。

「一日か、三日か、十日か」

「そのようなもの、わかるはずもなし。本多葵の紋が出てくるまで通うしかあるまい」

左右田が答えた。

「その間、人足仕事ができんぞ。どうやって喰うのだ」

「それくらいの蓄えもないのか」

文句を言う浪人に左右田があきれた。

「雨が降ったらどうするのだ。塚田《つかだ》」

普請場の人足というのは、雨が降れば休みになる。

「三日ぐらいなら水だけでどうにかなるだろう」

塚田と言われた浪人が、当たり前のことだと答えた。

「梅雨《つゆ》だと三日どころか、五日くらい仕事にあぶれるのは普通ではないか。そういうときはどうしているのだ」

左右田が首をかしげた。

「喰い逃げだな。住んでいるところからちょっと離れたところでやるのがこつでな。酒も呑まず、ただ飯と菜だけならば、逃げても追ってこないことが多い。せいぜい三十文くらいだと、追いかける手間よりもあきらめたほうが早い」

「…………」

悪びれもしない塚田に左右田が啞然とした。

「……なあ、塚田。つかぬことを訊くが、おぬしの先祖は大久保家で何役を務め、何石いただいていた」

聞いていた森田が問うた。

「先祖か。先祖は郷中代官《ごうちゅうだいかん》で五十俵二人扶持であったと聞いている」

「郷中代官か」

塚田の答えに左右田が納得した。

郷中代官とは、その名前の通り、領地の村のいくつかを管轄する代官であり、年貢の徴収、賦役の割り当て、争いの調停、犯罪の取締りなどをおこなう。藩主の顔など見たこともない百姓たちにとっては、郷中代官がその代わりでもあり、その機嫌次第で、年貢での嫌がらせなどを受けるため、一生懸命機嫌を取る相手でもあった。

「今回のことがうまくいき、家中へ迎えていただけるとなったときは、そういった醜聞が出ぬように後始末をしろよ」

「わかりはしねえよ。喰い逃げをしたところでも、拙者の顔など覚えちゃいねえ。ただ、浪人に喰い逃げされたとしか思っていないだろう。たとえ、その店へ寄ったところで、藩士の身形をしていれば、気づくことはないさ」

左右田の忠告を塚田は流した。

「そろそろ日暮れだな、今日はもう出るまい」

藩士は門限があり、日が落ちれば出歩かなくなった。

「では、明日の朝夜明けとともにここで」

さっと左右田が解散を告げた。

「明日もか」

塚田が文句を言った。

阪中玄太郎が、本多主殿のもとを訪れた。

「今日は、なんぞ」

茫洋《ぼうよう》とした雰囲気を纏った本多主殿が、阪中玄太郎と会った。

「先日の早馬《はやうま》のことだが……あれは大聖寺《だいしょうじ》に出したものではないのか」

「それは申せぬと前回も告げたはずじゃが」

本多主殿が、阪中玄太郎の要求を拒否した。

「我らは心を同じくする者ぞ。ともに加賀をより良くし、幕府の手出しから守り、専横なる一部の宿老から、清廉たる有能な士に藩政を取り返すべく立ちあがった同志ではないか。隠しごとをするとは、我らを信じておらぬのか」

渋る本多主殿に阪中玄太郎が迫った。

「信じておらぬとは申しておらぬ。あの早馬は当家の私用で出したもの。加賀藩にかかわるものではないゆえ、気にするな」

「なればこそ、聞かせていただきたい。主殿どのからは隔意を感じてしまっておる」

「そういえば、女中として預かって欲しいとかいう遠縁の娘がおると聞いたが、あれはどうなった」

「ごまかされるな」

話を変えようとした本多主殿に阪中玄太郎が嚙みついた。

「早馬の話はもう終わった。繰り返されるな」

本多主殿が茫洋とした雰囲気を捨てた。

「……うっ」

いきなり変わった本多主殿に、阪中玄太郎が息を吞んだ。

「本多家の内情に口出しをするというならば、貴殿との仲はこれまでとさせていただく」

「わ、わかった」

「女中の話もなかったことに……」

「待ってくれ。それは頼む。すでに相手には本多どのがお屋敷でお世話になると話してしまっている。それが駄目になっては、拙者の面目が立たぬ」

断ろうとした本多主殿に、阪中玄太郎が慌てて頼みこんだ。

「そこまで言われるならば、引き受けるが。急いでくれ。こちらも忙しいのでな」

「わかった。今から連れてくる」

阪中玄太郎が本多家の屋敷を出ていった。

「露木《つゆき》」

一人になった本多主殿が、誰もいない客間で話を始めた。

「女中が来たら、始める」

「はっ」

誰もいない客間で返答がした。


永原主税の屋敷に駆けこんだ阪中玄太郎は、ただちに目通りを願った。

「本多主殿から聞きだしたか。やはり次の藩主は大聖寺から出るのだな」

顔を見るなり永原主税が確認してきた。

「それが……」

「私用だと。私用で早馬などそうやすやすと使うものか」

永原主税が、阪中玄太郎を冷たい目で見た。

「…………」

「で、今日は失敗の報告に来たのか」

黙った阪中玄太郎に、永原主税が嘲笑した。

「いえ、前にお話のあった本多家に女を入れることをいたしたく」

「ああ、それならばすでに人選は終わっているはずだ。おいっ」

阪中玄太郎の願いにうなずいた永原主税が手を叩いた。

「……これに」

すぐに客間の襖が開けられ、歩き巫女の頭を務める老婆が顔を出した。

「聞いていたな」

「はい」

確かめられた老婆が首肯した。

「一人とのことですが、鼓《つづみ》と静《しずか》の二人を出してみようかと。二人入れれば、かなり楽になりますゆえ」

「……鼓」

阪中玄太郎が反応した。

「ふん。案内してやれ」

用は終わったと永原主税が座を立った。

「阪中さま、すでに門の外で待たせておりまする」

老婆が告げた。

「わかった」

そそくさと阪中玄太郎が客間を後にした。

「……使えぬ男よな。好いた女の顔がそれほど見たいか。どれほどの美形であろうとも、ときの流れを経れば、皆こうなるのだというに」

老婆が己の顔をつるりと撫でた。

永原主税は長家の臣であり、その広大な屋敷のなかに住居を与えられていた。永原主税の屋敷を出た阪中玄太郎は、長家の門番に頼んで脇門を開けてもらった。

「鼓どの」

脇門を出たところに若い女が二人立っていた。

「阪中さま……」

小柄な女がぱっと面をほころばせた。

「変わりないか」

「はい。無事に過ごさせていただいておりまする」

訊いた阪中玄太郎に鼓が微笑んだ。

「それはなによりじゃ……」

「阪中さま。あまり長く御門前で立ち話はいかがかと」

男女が親しげに立ち話をするなど、武家としてはしたないとされている。

大柄な女中静が、苦言を呈した。

「むっ。そうじゃな」

阪中玄太郎が苦い顔をしつつもうなずいた。

「では、参ろうか」

ちらと静を睨んで阪中玄太郎が歩き出した。

武家は夫婦、親子、兄妹でも肩を並べて歩かない。少なくとも三歩下がった後ろを女は歩くものとされていた。

当然、鼓と静もそうする。

「…………」

よほど気になるのか、ときどき阪中玄太郎が振り向き、そのたびに鼓が笑顔を浮かべた。

「よく耐えられるな」

喉の奥を震わせる独特の発声で阪中玄太郎には聞こえないように、静が鼓に話しかけた。

「楽でいい。笑えばそれですむ」

鼓が答えた。

「ことがうまくいけば、鼓はあの男の妻になるのだろう」

「なる。好きではないが、うまくいけばあれも千石くらいにはなろう。千石の奥方さまともなれば、なに一つ苦労せずともよくなる」

「あやつに抱かれるのもか」

「すでに任で何人もの男としているのだ。今更よ」

鼓が淡々と述べた。

「どうした」

不意に阪中玄太郎が振り向いた。

「いえ、本多さまのお屋敷のことを話しておりました」

「ああ」

問われた鼓と静がうなずき合った。

四

女中奉公に来た者を表門から入れる武家はいない。

「脇門へお回りあれ」

二人を連れた阪中玄太郎に、本多家の門番が指示した。

「拙者は、平士の阪中であるぞ」

阪中玄太郎が憤って見せた。

「貴殿はこちらからでもかまいませぬ。ですが、他の者どもはなりませぬ」

本多家の門番が潜り門を開けた。表門は武家の顔でもある。そこには身分や格式が厳格にある。

「……………」

本多家の門番を睨みつけた阪中玄太郎だったが、ここでもめては女中を入れるという話ごとご破算になりかねない。

「参ろう」

「はい」

阪中玄太郎が二人を連れて脇門へと向かった。

「お待ちしておりました」

脇門の前で夏が阪中玄太郎を待っていた。

「おまえは……」

「当家の女中で夏と申しまする。新たにご奉公にあがる者を引き取らせていただきまする」

阪中玄太郎に誰何された夏が答えた。

「失礼をいたしまする」

一礼して阪中玄太郎の相手を終えた夏が、鼓と静の方へ向き直った。

「本多家では、女中の年季はございませぬが、奉公中は年に二度、一月十六日、八月十六日にだけ宿下がりが許されまする。親元の急病、不幸などでも許されまするが、これはかならずではありませぬ。給金は節季ごとに銭二貫文、これは御台様づきや女中頭になれば増やされまする。もちろん、お仕着せ、食事は支給されまする。あとお二人は、当家に馴染《なじ》むまでのしばらくの間、わたくしの下で琴姫さまのお世話をしていただくこととなりまする」

夏が雇い入れる前に話しておくことを語った。

「あの……」

鼓がおそるおそるといった風を装いながら、声を出した。

「なにか」

「女中部屋は、あの」

先を促した夏に、おどおどと鼓が訊いた。

「表御殿の台所脇で四人部屋となります」

「あ、ありがとうございました」

聞いた鼓が礼を言った。

「他にないようでしたら、なかへ。では、阪中さま、御免をくださいませ」

「待て。遠縁の者として問う。拙者がこの者たちに会いたいときはどうすればいい」

なかへ入ろうとした鼓に名残惜しそうな目を向けながら、阪中玄太郎が夏に問うた。

「当家の決まりでございますれば、宿下がりまではご遠慮願いまする。遠縁とはいえ、男女が会うのは不義密通を疑われまする。それは本多家の名前を落としかねませぬ。それがご不満と仰せならば、この奉公はなかったこととさせていただきまする」

「……それはっ」

「阪中さま、大事ございませぬ。一生懸命務めておりますれば、ときの経つのは早くなりまする。すぐにお宿下がりのときとなりましょう」

宥《なだ》めるように鼓が阪中玄太郎に笑って見せた。

「う、うむ」

阪中玄太郎が見とれている間に、三人が脇門を潜った。

「あっ……」

閉じた脇門に、阪中玄太郎が未練がましく手を伸ばした。


本多屋敷のなかに入った鼓と静に夏が言った。

「まずは琴姫さまにお目通りをいただきます。そのときにあなたたちのお仕事を割り振っていただきまする」

「はい」

「わかりましてございまする」

鼓と静が従った。

「こちらからが近いので」

屋敷には入らず、庭を伝って夏が琴のもとへと案内した。

「お目通りをいただきまする。控えなさい」

「はっ」

「はい」

夏の言葉に鼓と静が膝を突いた。

「姫さま」

「夏か。苦しゅうない」

声をかけた夏に、琴が応じた。

「開けよ」

琴の指図で、楓が庭に面した障子を開けた。

「あらたにお側に侍る者でございまする。さあ、名乗りなさい」

「鼓でございまする。どうぞ、よしなに願いまする」

「静と申しまする。精一杯務めまする」

夏に言われて二人が名乗った。

「琴じゃ。本多安房の末娘で瀬能数馬の妻である。せっかく来てくれたゆえに、歓迎いたそう。歩き巫女たちよ」

琴がにこやかに告げた。

「ちっ、阪中め、見抜かれおって」

「知られていたか」

鼓と静が膝で跳びあがり、懐《ふところ》に手を入れたところで止まった。そのまま糸の切れた人形のように、崩れ落ちた。

「ご苦労でした、夏」

「いえ」

二人の斜め前に控えていた夏が、一礼した。

「ご無礼を」

夏が二人の懐を探った。

「これは……」

鼓の手に握られていた筆に夏が眉をひそめた。

「……吹き矢のようでございまする。なるほど筆先を咥《くわ》えて吹き、尻から毒針を飛ばす仕掛け」

夏が筆をばらした。

「こちらは、ほう、折り曲げられるようになった棒。よくもまあ、このようなものを仕込んでおりましたことで」

感心した夏が静の帯を解き、着物の前を大きく拡げて見せた。そこには静の胸から股、そして膝にいたる長さの棒が仕込まれていた。

「短い棒を幾つにも鎖で繋いで一つにしたものでございまする」

静の手を解いて夏が棒を取りあげて、振った。

「……底に錘《おもり》が仕込んであるようでございまする。振ればその重みで一本の棒のようになりまする。振る力を抑えれば、鎖鎌《くさりがま》のようにも使えるかと」

夏が琴に説明した。

「そう。役に立つようならば、こちらでも作ってみてもよいでしょう。兄上にお報せしなければなりませんね」

琴がうなずいた。

「では、後始末は別の者にやらせまする。夏、楓、行きなさい」

「はい」

「しばし、お側を外しまする」

琴の命に、二人の女軒猿が消えた。

本多屋敷の厩《うまや》に軒猿たちが集まっていた。

「遅れた」

そこへ夏と楓が到着した。

「どうであった、歩き巫女は」

露木が問うた。

「体術は話にならぬが、このような隠し武器を遣うようだ」

夏が筆と棒を差しだした。

「ほう……吹き矢か、この筆は。なるほど、筆ならば旅をしていても持っていて不思議ではないな。お札を書いたりする歩き巫女ならば、これを持って相手に近づけるの。こちらは唐渡《からわた》りの節根《せっこん》のようじゃな。節根は適当な長さに切った竹の節を抜き、間に鎖を通して繋いだもので、力の入れようやひねりかたで、一本の棒のようにしたり、鎖のようにして、敵の首や手足、刀などに巻き付けて拘束したり、折ったりする武器じゃ。少し形は違うが、これならば背中や足に添わせて隠せるな。つなぎ目が幾つもあるから、お辞儀をしようが、座ろうがさほどの邪魔にならぬ」

確認した露木が感心した。

「我らでも是非遣おう」

露木が隠し武器を厩のなかに仕舞った。

「さて、二人の歩き巫女からだけで、これだけの隠し武器が出てきた。歩き巫女とは、その任の都合上、武器の持ち歩きができなかったからこそ、これらが発展したのではないかと思われる。とくに筆などは、身体を検《あらた》めたところで武器とはわからぬし、獲物に近づいて筆を出したところで、警戒されまい」

「でございましょう」

夏も同意した。

「おそらく今回の敵も隠し武器を持っているだろう。また、どれが歩き巫女で、誰が普通の女中かわからぬとも考えられる。十二分に気を配れ」

「はっ」

軒猿たちが首肯した。

「では、行くぞ。当家に仇《あだ》なす愚か者を成敗《せいばい》する」

「永原主税を葬《ほうむ》っても……」

「かまわぬ。別段葬らずとも、手足である歩き巫女を失えば、もうなにもできまいがな」

楓の質問に、露木が述べた。

「八つ（午後二時ごろ）の鐘を合図に攻め入る。散れっ」

「おう」

「…………」

軒猿たちが厩を出た。

五

忍の戦いは夜とは限らなかった。

日中でも闇はある。

「明るいうちは大丈夫だろう」

「近づけばすぐに見つけられる」

人の心の油断という闇である。

闇は他にも潜んでいる。

「当家を襲う者などおらぬ」

「乱世は終わり、今は泰平じゃ。なにごとも起こりはせぬ」

「吾が剣術に敵う者なし」

人の心にはいくつもの隙があり、そこにつけこむのが忍であった。

「夏、そろそろ」

「気をつけて」

加賀藩の公事場《くじば》に積まれた材木の間に潜んでいた楓と夏が顔を見合わせた。長家はこの公事場に境を接している。

「八つの鐘」

城中にある刻の鐘が八つを報せた。

夏と楓が奔《はし》った。

「…………」

濠からも辻からも、隣家の屋根からも軒猿が長家の屋敷へ向かった。

「……来たか」

婆がその気配を感じ取った。

「となると鼓と静は逝ったの。やれ、哀れではあるが、あの二人は贄《にえ》。あのていどが歩き巫女だと甘く見させるためのな」

にやりと婆が嗤った。

「二人のぶんも働けや」

「はい」

「お婆さまの仰せの通りに」

歩き巫女たちが迎撃に向かった。

「さて、主税さまの守護につくとしよう」

婆も歩き巫女の控え室から出た。

「…………」

先手を取ったのは歩き巫女側であった。

すばやく屋根に上がった歩き巫女が短弓を軒猿に向けて撃った。

「…………」

短弓はどうしても威力に落ちる。貫通力も速さも長弓には及ばない。狙われた軒猿がわずかに足を運んでこれを逸らした。

「させぬ」

その代わり短弓は速射が利く。休む間もなく歩き巫女が短弓を放った。

「ぐっ」

濠から登ってきていた軒猿が、右肩を射貫かれて落ちた。

「次っ」

弓を遣っていた歩き巫女が、新たな獲物に弓を向けようとした。

「喰らえ」

わずかな動きでも、隙はできる。それを夏は見逃さなかった。

「ああっ」

棒手裏剣《ぼうしゅりけん》に背中から胸を貫かれた歩き巫女が、空を摑むようにして弓を落とし、屋根から転げ落ちた。

「笛《しょう》がやられたか」

婆が一瞬瞑目した。

「なにがどうなっている」

永原主税が婆に食ってかかった。

「本多が抱える軒猿の襲撃かと」

「なぜ、本多が……本多は阪中玄太郎の傀儡《かいらい》ではなかったのか」

「少し急ぎ過ぎられたのではございませぬか」

啞然とする永原主税に婆が応じた。

「なにを申す。本多安房がおらぬ今しか機はあるまい。安房の留守だからこそ、阪中を動かしたのだぞ」

「その留守が罠であったのではございませぬかの」

「馬鹿な。将軍から不意の呼び出しぞ。罠を仕掛けている暇などなかったはずだ」

婆の言葉に永原主税が首を大きく横に振った。

「罠はとっくに完成していたのではございませぬか。将軍からの呼び出しを利用して仕掛けを発動させた」

「ありえん、ありえん。それでは本多安房は、吾のすべてを見抜いていたことになる。そのような……」

永原主税が激発した。

「……たとえ、そうであっても罠を食い破ればよいだけだ。打ち払え」

「もちろんでございまする」

婆がうなずいた。

露木たちが出たのを確認した本多主殿は、行列を仕立てて金沢城へと向かった。たとえ本多家の屋敷が城の石川《いしかわ》門の目の前にあっても、これが人持ち組頭の格式であった。

「殿、本多主殿どのがお目通りを願っておりまする」

政務を執っていた綱紀のもとに、近習が報せに来た。

「主殿がか。そうか。通せ」

綱紀が一瞬納得した顔を見せたあと、認めた。

「不意にお目通りを願い、申しわけもございませぬ」

御座の間下の間中央より少しだけ控えたところで、本多主殿が平伏した。

「かまわぬ。しばらく出仕していなかったが、身体の調子でも悪かったのか」

病いなど理由でしかないと綱紀もわかっていた。

「いえ。少々雑事に取りかかっておりまして、勝手をさせていただきました。ですが、それも終わりましたので、明日より戻らせていただきまする」

気遣ってくれた綱紀に、本多主殿が平伏して答えた。

「そうか。で、今日はなんじゃ」

明日から職に復帰すると述べていながら、今日不意に登城した理由を綱紀が問うた。

「畏れながら、先日上げました父安房の隠居願いを取り下げさせていただきたく、お願い申しあげまする」

「なるほどな。終わったのだな」

「はい」

綱紀に見つめられた本多主殿がはっきりと首肯した。

「やはりあやつか」

「はい」

確かめた綱紀に、本多主殿がもう一度肯定した。

「よし。誰ぞおるか」

「はっ」

先ほどの近習が顔を出した。

「長家よりの願いには、応じるなと町奉行、目付、組頭、火消しどもに伝えよ」

綱紀が指示した。

「それは今後もでございましょうや」

「いや、本日一日だけでよい」

訊いた近習に綱紀が首を左右に振った。

「ああ、それと使者を出せ。長家の門番に伝えるだけでいい。手出しは許さぬとな」

綱紀が付け加えた。

「これでよいな」

「畏れ入りましてございまする」

すべてを見抜いている綱紀に、本多主殿が深々と頭を垂れた。

「殿……」

政務の手伝いをしていた前田備後直作が説明を言外に求めた。

「知らずともよい、知らずともな。ただ、これで加賀藩前田家は盤石《ばんじゃく》となった。越前松平家は上様にわたった詫び状をどうにかするのに精一杯で、とても加賀前田家を見張る余裕などなくなった。そして、今回で余に恨みを持つ者がいなくなる」

「殿に恨みを……長家が」

「長尚連ではないぞ。あやつは余を恨むより、怖れている。次に余を怒らせれば、長家が、吾が身が滅ぶと身に染みているからな」

驚く前田直作に、綱紀が続けた。

「余を怖れず、長家を独立した大名にしたいと考えている者がおる。名前はすぐに知れるゆえ、それまで考えておけ、備後」

綱紀が前田直作に宿題を出した。

「いつまで織田家の威光にすがっておるのやら。長家の領地は織田信長公から認められたもので前田家から与えられたものではない。たしかにそうであったが、関ヶ原の合戦で前田は加賀と能登、越中《えっちゅう》の三国の支配を徳川家康公から許された。当然、能登に領土を持っていた長家も、前田の寄騎から家臣となった。そう、御上が定めたのだ。そのようなもの、どうやったところでひっくり返るものか。いや、させてはならぬ。長が独立した能登の大名になったとする。石高は三万石であるし、周囲はすべて前田家の領地だ。なにもできまい。だが、利用価値はある」

「利用価値がございますか」

前田直作が尋ねた。

「転封よ」

「……転封」

綱紀の口から出た言葉に、前田直作は息を呑んだ。

「独立した大名ならば、どこへ移封しても文句は出ない。そして長がいなくなったところに譜代の大名が移されてきてみろ。前田はそこに気を遣わねばならぬ。譜代大名ならばまだいい。上手くつきあえばどうにかなる。留守居役に働いてもらわねばならぬがな。なにせ近隣組中の近隣組だ」

留守居役には同じような石高、格式の大名が所属する同格組、そして領地を接する近隣組があった。石高にかかわりなく、近隣との付き合いは面倒を生む。

「金でも婚姻でも三万石の譜代を取りこむのはさほどの難事ではない。が、幕府領となると話は変わる。代官が相手となると面倒だ。能登に赴任する代官は、まちがいなく老中から釘を刺されるだろう。前田に近づくな、しっかり見張れとな」

「たしかに、それは面倒でございまする」

ため息を吐いた綱紀に、前田直作が同意した。

「それをさせぬために、爺が手を打った。その手の最後の引き金が、爺の江戸行きじゃ。爺がいなくなり、残った主殿は父の陰に隠れた凡人、これぞ天の配剤と思った馬鹿が動いた。ふん、爺が息子を鍛えておらぬはずはなかろうに。娘の琴でさえあれだぞ。爺が用意した引き金を引いたのが、主殿。そして弾は当たった」

「なるほど」

前田直作が納得した。

「主殿、ご苦労であった。隠居願いの取り下げは不要じゃ。余が預かっておく。いずれ、そのときは来る」

「畏れ入りまする」

本多主殿が平伏した。

父の隠居届を認めるでもなく、返すでもなく、預かっておくと綱紀が言った。これは本多主殿を加賀本多家の当主としてふさわしいと綱紀が認めたとの証であった。

「では、下がれ」

「はっ」

綱紀に退出を命じられた本多主殿がふたたび平伏した。

「ああ、待て主殿」

綱紀が本多主殿を止めた。

「なにか」

本多主殿があげかけた腰をもう一度落とした。

「琴だがな、瀬能の嫁となったか」

「はい。まだ仮祝言ではございますが」

問いに本多主殿がうなずいた。

「そうか。今回のこと、表沙汰にはできぬゆえ、本多に報いるわけにはいかぬ。代わりと言ってはなんだが、琴の嫁入りを祝し、化粧料として五百石瀬能に加増してやる」

「それは……かたじけなきことでございまする」

本多主殿が、綱紀の褒賞に感謝した。

「越前の詫び状、小沢兵衛の一件、堀田備中守さまとの和解と瀬能の手柄も大きい。だが、どれも表だって褒めてはやれぬ」

一つでも天下に明らかとなれば、前田家への風当たりは強くなる。

「夫にやれぬならば、妻にな。化粧料ならば、瀬能への褒美にはならぬであろう」

「お気遣いをたまわり、恐悦至極に存じまする」

本多主殿が深々と頭をさげた。

「もう一つ、琴に伝言を頼む。そろそろ瀬能を呼び戻すと。琴に孤閨を託《かこ》たせていては、余が恨まれる。余は爺よりも琴が怖い」

「…………」

綱紀の苦笑に、本多主殿はなにも返せなかった。

六

軒猿と歩き巫女の戦いは続いていた。

「きゃああ」

悲鳴をあげて逃げ惑う女中が不意に斬りつけてきたり、吹き矢を向けてくる。

「手間な」

まさか罪のない女中もなにもかもまとめて始末するというわけにはいかない。

露木たちは手間取っていた。

「いたしかたない。女中は当て身を喰らわせて寝させろ」

しばらくして露木が指図を出し、混戦が収まってきた。

こうなれば、地力でまさる軒猿が優位になった。

「ええい。これでは負けるではないか」

「どちらへ」

奥の書院から出ようとした永原主税に、婆が問うた。

「長家に助けを求めてくる」

「出してくださいましょうや」

「当然じゃ。儂は長家のために働いておる。加賀の家臣より、大名になるほうがよいに決まっておるではないか」

婆の懸念を永原主税は一蹴した。

「では、わたくしもお供を」

警護につくと婆が述べた。

永原主税は長家の重臣であり、姻族とはいえ一門でもある。その長屋は長家の御殿に近い。

「畏れながら、殿。お願いいたしたき儀がございまする」

永原主税が長尚連の前に手を突いた。

「当家が無体を受けておりまする。どうぞ、お手助けをお願いいたしまする」

「……ならぬ」

長尚連が拒んだ。

「なんと仰せでございまするか」

「援軍は出せぬと申した」

一瞬理解できなかった永原主税が長尚連に確認した。しかし、返事は同じであった。

「なぜでございまする」

永原主税が唖然とした。

長尚連は永原主税の娘が廃嫡された長尚連の父元連《もとつら》の寵愛を受けて生んだ子である。長尚連は、永原主税の孫である。その孫から、永原主税は冷たい拒絶を喰らわされた。

「殿より、手出しするなとのお達しが参った」

「……殿とは、前田の」

「そうじゃ。殿より助けはならぬとのご諚《じょう》じゃ」

「いつの間に……」

呆然としかかった永原主税だったが、すぐに立ち直った。

「屋敷のなかのことでございまする。前田の殿に知られるはずは……」

「殿を甘く見るか。余は、余にはそんな怖ろしいまねはできぬ。次はないと釘を刺されておるのだぞ」

長家の内紛から始まった騒動を綱紀は果断に処理していた。その結果、父は廃され、家督が回っては来た。が、綱紀の厳しい仕置きに幼かった長尚連は震えあがった。そのときの恐怖が長尚連を縛っていた。

「畏れながら、わたくしは殿の祖父でございまする。その祖父を見捨てると」

「見捨てはせぬ。そなたの命だけは許してくださるよう、お願いはする」

「それでは、長家を人名にするという夢は」

「夢はもう見ぬ。下がれ、主税。余を巻きこまんでくれ」

粘ろうとした永原主税に長尚連は手を振って、逃げ出した。

「……無念な。当主があれでは……」

永原主税が肩を落とした。

「やはり無理でございましたな」

婆がため息を吐いた。

「…………」

続けて婆が笛を吹いた。

甲高い笛の音に、永原主税が怪訝な顔をした。

「なんだ、それは」

「退き笛でございまする。では、これにて」

婆が一礼した。

「待て、なにを」

「長家の後押しがなければ、とても勝利はおぼつきませぬ。再起を図るためにも全滅する前に退くのは当然かと」

「おまえたちまで儂を見放すか」

淡々と告げた婆に、永原主税が驚いた。

「歩き巫女はあなたの家臣ではございませぬ。長家の家臣。先代連頼《つらより》さまが長家の発展のためとお考えになり、あなたさまに付けられただけ。それを御当代さまが否定なさいました。ゆえに、我らは里へ戻りまする。あらたなご命が下るまで、里で神守をいたしてすごしまする。では」

「させぬ」

一礼した婆を永原主税が止めようとした。

捕まえようとした永原主税の腕から婆がするりと逃れ、音もなく去っていった。

「……………」

空を摑んだ腕を永原主税が呆然と見つめた。


紀州徳川家の中屋敷に、くたびれた身形の旗本が訪れた。

「お召しと伺いました。小普請組瀬能仁左衛門《にざえもん》でございまする」

旗本が名乗った。

「伺っておる。こちらへ」

小普請、すなわち無役の旗本など、御三家の家中から見れば、敬意を表する相手でさえない。門番は案内するというより、引き立てるといった風で玄関脇の供待ちへ連れていった。

「ここで、しばし待て」

門番が瀬能仁左衛門を残して去った。

「いったいなんでござろうや」

一人になった瀬能仁左衛門が、不安そうに供待ちを見回した。

徳川光貞からの呼び出しは、いきなりであった。

瀬能仁左衛門の屋敷に来た徳川光貞の使者は、口頭でときと場所を告げただけで、諾否を確認することさえなく帰っていった。書状もなにもなかったので、偽者かとも考えたが、小普請旗本をだまして得をする者などいるはずもない。

瀬能仁左衛門は指示されたとおりに出頭するしかなく、なんとか身形を整えて、紀州家の屋敷まできたのであった。

供待ちはその名の通り、来客の供をしてきた家士や小者の控えである。畳など敷かれておらず、板の間に煙草盆と湯飲み、水桶が置かれているだけの質素な場所でしかない。旗本の当主を通すところではなかった。

「なにもしておらぬはずじゃ……いや、なにもさせてもらっておらぬ」

小普請組は無役の旗本、御家人をまとめるためのものである。いい言いかたをすれば、役待ちの待機になるが、実際は一度小普請組に落とされると、まず這いあがることはできなかった。

旗本、御家人の捨てどころ、墓場といえる。

戦国のころは、兵士の数がものを言った。そのため、天下を狙うような大名は、どこでも石高が許す限りの武士や足軽を抱えた。

だが、天下が統一され、泰平の世になると兵力は最低限でよくなる。かといって、要らなくなったから、捨てるというわけにはいかなかった。武士の基本は忠義、恩と奉公だからだ。

簡単に家臣を捨て去るような主君に、忠義が向けられるはずもなかった。

多少は整理できても、大鉈は振るえない。結果、人余りのまま徳川幕府は始動した。

幕府ができても、旗本御家人のすべてに割り振るだけの役目はなく、多くの者があぶれた。それが小普請組である。

小普請組は役目に就かない代わりに、石高に応じた小普請金を納める。この金で職人を雇い、江戸城の瓦の補修や、土手の草むしりなどをする。普請と呼ぶほどのものではないから小普請なのだ。

戦場がなくなって、手柄は血腥いものから、役目に就いて功績をあげるものに変わった。役に立つと見せつけ、立身出世していく。そうしないと物価の上昇、生活の向上についていけなくなり、家計は火の車になる。それがわかったからこそ、数少ない役目を奪い合い、その勝者が上へとあがれる。

瀬能仁左衛門はその競争に勝てず、小普請組に居続けていた。これが瀬能仁左衛門が無能あるいはやる気がないとして、より声がかからなくしている。この悪循環は、よほどのことがないかぎり、断ち切れなかった。

「紀州家への転籍か」

御三家の家臣は、徳川家康のころ旗本や御家人であった者ばかりである。あり得ない話ではなかった。

「待たせた」

襖が開いて、供待ちに大柄な老人が入ってきた。

「余が紀州家当主徳川権中納言《ごんちゆうなごん》である」

「ははっ。旗本小普請組瀬能仁左衛門でございまする」

立ったまま睥睨する徳川光貞に、瀬能仁左衛門が額を床に押しつけて平伏した。

「うむ。そなた加賀の瀬能の一門であるな」

「さようでございまするが……」

瀬能仁左衛門が戸惑った。

「どちらが本家じゃ」

それを無視して、徳川光貞が問うた。

「本家は大坂の陣で討ち死にいたし、跡継ぎがいなかったため加賀の瀬能に移りましたが、旗本から加賀藩士となったことで、江戸の墓守ができなくなり、代わってわたくしの家が本家となりましてございまする」

「どういう関係になる」

徳川光貞が数馬の家と瀬能仁左衛門の家の系譜を尋ねた。

「わたくしの祖父の次男が加賀の瀬能でございまして、わたくしの父は三男でございました」

「他に男は」

「他家に養子に出ており、今では年始のあいさつくらいとなりましてございまする」

矢継ぎ早に徳川光貞が質問を繰り出した。

「そなたは、今も加賀の瀬能とつきあっておるのか」

「いえ、わたくしの代になってからは手紙の遣り取りもございませぬ」

瀬能仁左衛門が首を横に振った。

「ふむ。では、加賀の瀬能が江戸詰になっておることも知らぬのだな」

「存じませせぬ」

「そうか。では、瀬能。そなたに頼みたいことがある。もちろん、褒賞は用意しておる。すぐにではないが、ときが来れば千石、加賀の瀬能と同じだけの石高にしてやる。もちろん、ふさわしい役目にも就けてくれる。もちろん、紀州ではなく、旗本のままでの」

「千石……八百石も加増をいただけるとは。なにをいたせば」

徳川光貞の誘いに、瀬能仁左衛門が身を乗り出した。

「先祖の年忌《ねんき》でも供養《くよう》でもなんでもいい。本家として加賀の瀬能を呼び出せ」

「どちらに呼び出せば……紀州家のお屋敷へでございましょうか」

「いいや、菩提寺《ぼだいじ》がよかろう」

「菩提寺へ呼び出した後は、なにをいたせば」

答えた徳川光貞に、瀬能仁左衛門が尋ねた。

「それだけでよい。あとは余がいたす」

徳川光貞が告げた。

本書は文庫書下ろし作品です。

|著者|上田秀人　1959年大阪府生まれ。大阪歯科大学卒。'97年小説CLUB新人賞佳作。歴史知識に裏打ちされた骨太の作風で注目を集める。講談社文庫の「奥右筆秘帳」シリーズは、「この時代小説がすごい！」（宝島社刊）で、2009年版、2014年版と二度にわたり文庫シリーズ第一位に輝き、第３回歴史時代作家クラブ賞シリーズ賞も受賞。「百万石の留守居役」は初めて外様の藩を舞台にした新シリーズ。このほか「禁裏付雅帳」（徳間文庫）、「聡四郎巡検譚」（光文社文庫）、「闕所物奉行裏帳合」（中公文庫）、「表御番医師診療禄」（角川文庫）、「町奉行内与力奮闘記」（幻冬舎時代小説文庫）、「日雇い浪人生活録」（ハルキ文庫）などのシリーズがある。歴史小説にも取り組み、『孤闘　立花宗茂』（中公文庫）で第16回中山義秀文学賞を受賞、『竜は動かず　奥羽越列藩同盟顛末』（講談社文庫）も話題に。総部数は1000万部を突破。
上田秀人公式HP「如流水の庵」 http://www.ueda-hideto.jp/

乱麻《らんま》　百万石《ひゃくまんごく》の留守居役《るすいやく》（十六）

上田秀人《うえだひでと》

講談社文庫

定価はカバーに
表示してあります

2020年12月15日第１刷発行

発行者――渡瀬昌彦
発行所――株式会社　講談社
東京都文京区音羽2-12-21　〒112-8001
電話　出版（03）5395-3510
　　　販売（03）5395-5817
　　　業務（03）5395-3615

デザイン―菊地信義
本文データ制作―講談社デジタル製作
印刷―――大日本印刷株式会社
製本―――大日本印刷株式会社

Printed in Japan

ISBN978-4-06-521908-9

講談社文庫刊行の辞

二十一世紀の到来を目睫に望みながら、われわれはいま、人類史上かつて例を見ない巨大な転換期をむかえようとしている。

世界も、日本も、激動の予兆に対する期待とおののきを内に蔵して、未知の時代に歩み入ろうとしている。このときにあたり、創業の人野間清治の「ナショナル・エデュケイター」への志を現代に甦らせようと意図して、われわれはここに古今の文芸作品はいうまでもなく、ひろく人文・社会・自然の諸科学から東西の名著を網羅する、新しい綜合文庫の発刊を決意した。

激動の転換期はまた断絶の時代である。われわれは戦後二十五年間の出版文化のありかたへの深い反省をこめて、この断絶の時代にあえて人間的な持続を求めようとする。いたずらに浮薄な商業主義のあだ花を追い求めることなく、長期にわたって良書に生命をあたえようとつとめるところにしか、今後の出版文化の真の繁栄はあり得ないと信じるからである。

同時にわれわれはこの綜合文庫の刊行を通じて、人文・社会・自然の諸科学が、結局人間の学にほかならないことを立証しようと願っている。かつて知識とは、「汝自身を知る」ことにつきていた。現代社会の瑣末な情報の氾濫のなかから、力強い知識の源泉を掘り起し、技術文明のただなかに、生きた人間の姿を復活させること。それこそわれわれの切なる希求である。

われわれは権威に盲従せず、俗流に媚びることなく、渾然一体となって日本の「草の根」をかたちづくる若く新しい世代の人々に、心をこめてこの新しい綜合文庫をおくり届けたい。それは知識の泉であるとともに感受性のふるさとであり、もっとも有機的に組織され、社会に開かれた万人のための大学をめざしている。大方の支援と協力を衷心より切望してやまない。

一九七一年七月

野間省一

講談社文庫 最新刊

上田秀人
乱麻〈百万石の留守居役(十六)〉
加賀の宿老・本多政長は、数馬に留守居役らの前例の弊害を説くが。〈文庫書下ろし〉

池井戸潤
花咲舞が黙ってない〈新装増補版〉
花咲舞の新たな敵は半沢直樹!? 不正は絶対許さない——正義の〝狂咲《くるいざき》〟が組織の闇に挑む!

いとうせいこう
「国境なき医師団」を見に行く
大地震後のハイチ、ギリシャ難民キャンプなど、厳しい現実と向き合う仲間をリポート。

清武英利
トッカイ〈不良債権特別回収部〉
「しんがり」「石つぶて」に続く、著者渾身作。借金王が隠した6兆円の回収に奮戦する社員たちの記録。

神楽坂淳
うちの旦那が甘ちゃんで 9
金持ちや芸者を乗せた贅沢な船を襲う盗賊を捕らえるため、沙耶が芸者チームを結成!

斉藤詠一
到達不能極
南極。極寒の地に閉ざされた過去の悲劇が、現代に蘇る! 第64回江戸川乱歩賞受賞作。

佐々木裕一
姫のため息〈公家武者信平《のぶひら》ことはじめ(二)〉
公家から武家に、唯一無二の成り上がり! 紀州に住まう妻のため、信平の秘剣が唸《うな》る!

創刊50周年新装版

綾辻行人
緋色の囁き〈新装改訂版〉
全寮制の名門女子校で起こる美しくも残酷な連続殺人劇。「囁き」シリーズ第一弾。

小川洋子
密やかな結晶〈新装版〉
全米図書賞翻訳部門、英国ブッカー国際賞最終候補。世界から認められた、不朽の名作!

清水義範
国語入試問題必勝法〈新装版〉
国語が苦手な受験生に家庭教師が伝授する解答術は意表を突く秘技。笑える問題小説集。

中島らも
今夜、すべてのバーで〈新装版〉
なぜ人は酒を飲むのか。依存症の入院病棟を舞台に、生きる困難を問うロングセラー。

講談社文庫 最新刊

西尾維新　新本格魔法少女りすか3
魔法少女りすかと相棒の創貴《きずたか》は、全身に『口』を持つ元人間・ツナギと戦いの旅に出る！

赤川次郎　キネマの天使〈レンズの奥の殺人者〉
舞台は映画撮影現場。佳境な時にスタントマンが殺されて!?　待望の新シリーズ開幕！

森　博嗣　ツベルクリンムーチョ〈The cream of the notes 9〉
森博嗣は、ソーシャル・ディスタンスの達人だ。深くて面白い書下ろしエッセィ100。

赤神　諒　酔象の流儀　朝倉盛衰記
傾き始めた名門朝倉家を、織田勢から一人で守ろうとした忠将がいた。泣ける歴史小説。

田中啓文　件《くだん》〈もの言う牛〉
予言獣・件の復活を目論む新興宗教「みさき教」の封印された過去。書下ろし伝奇ホラー。

吉川英梨　月《げっ》下《か》蠟《ろう》人《じん》〈新東京水上警察〉
巨大クレーンに吊り下げられていた死体入り蠟人《ろうにん》形《ぎょう》。その体には捜査を混乱させる不可解な痕跡が!?

加賀乙彦　殉教者
聖地エルサレムを訪れた初の日本人・ペトロ岐部《きべ》カスイの信仰と生涯を描く、傑作長編！

横尾忠則　言葉を離れる
観念よりも肉体的刺激を信じてきた画家が伝える「魂の声」。講談社エッセイ賞受賞作。

荒崎一海　一色町雪花〈九頭竜覚山　浮世綴㈤〉
師走の朝、一面の雪。河岸《かし》で一色小町と評判の娘が冷たくなっていた。江戸情緒事件簿。

黒木　渚　本性
孤高のミュージシャンにして小説家、黒木ワールド全開の短編集！　震えろ、この才能に。

塚本邦雄
新古今の惑星群
解説・年譜＝島内景二

万葉から新古今へと詩歌理念を引き戻し、日本文化再建を目指した『藤原俊成・藤原良経』。新字新仮名の同書を正字正仮名に戻し改題、新たな生を吹き返した名著。

978-4-06-521926-3
つE12

塚本邦雄
茂吉秀歌『赤光』百首
解説＝島内景二

近代短歌の巨星・斎藤茂吉の第一歌集『赤光』より百首を精選。アララギ派とは一線を画して蛮勇をふるい、歌本来の魅力を縦横に論じた前衛歌人・批評家の真骨頂。

978-4-06-517874-4
つE11

〈既刊紹介〉

上田秀人作品◆講談社

百万石の留守居役《るすいやく》シリーズ

老練さが何より要求される藩の外交官に、若き数馬が挑む！

第一巻『波乱』２０１３年11月　講談社文庫

外様第一の加賀《かが》藩。旗本から加賀藩士となった祖父をもつ瀬能数馬《せのうかずま》は、城下で襲われた重臣前田直作《まえだなおなり》を救い、五万石の筆頭家老本多政長《ほんだまさなが》の娘、琴《こと》に気に入られ、その運命が動きだす。江戸で数馬を待ち受けていたのは、留守居役《るすいやく》という新たな役目。藩の命運が双肩にかかる交渉役には人脈と経験が肝心。剣の腕以外、何もない若者に、きびしい試練は続く！

上田秀人作品◆講談社

第一巻
『波乱』
2013年11月
講談社文庫

第二巻
『思惑』
2013年12月
講談社文庫

第三巻
『新参』
2014年6月
講談社文庫

第四巻
『遺臣』
2014年12月
講談社文庫

第五巻
『密約』
2015年6月
講談社文庫

第六巻
『使者』
2015年12月
講談社文庫

第七巻
『貸借』
2016年6月
講談社文庫

第八巻
『参勤』
2016年12月
講談社文庫

第九巻
『因果』
2017年6月
講談社文庫

第十巻
『忖度』
2017年12月
講談社文庫

第十一巻
『騒動』
2018年6月
講談社文庫

第十二巻
『分断』
2018年12月
講談社文庫

第十三巻
『舌戦』
2019年6月
講談社文庫

第十四巻
『愚劣』
2019年12月
講談社文庫

第十五巻
『布石』
2020年6月
講談社文庫

第十六巻
『乱麻』
2020年12月
講談社文庫

〈以下続刊〉

上田秀人作品◆講談社

奥《おく》右《ゆう》筆《ひつ》秘帳 シリーズ

「筆」の力と「剣」の力で、幕政の闇に立ち向かう圧倒的人気シリーズ！

第一巻『密封』2007年9月　講談社文庫

江戸城の書類作成にかかわる奥右筆組頭《おくゆうひつくみがしら》の立花併右衛門《たちばなへいえもん》は、幕政の闇にふれる。帰路、命を狙われた併右衛門は隣家の次男、柊衛悟《ひいらぎえいご》を護衛役に雇う。松平定信《まつだいらさだのぶ》、将軍家斉《いえなり》の父・一橋治済《ひとつばしはるさだ》の権をめぐる争い、甲賀《こうが》、伊賀《いが》、お庭番の暗闘に、併右衛門と衛悟は巻き込まれていく。「この時代小説がすごい！」（宝島社刊）でも二度にわたり第一位を獲得したシリーズ！

上田秀人作品◆講談社

第一巻
『密封』
2007年9月
講談社文庫

第二巻
『国禁《こっきん》』
2008年5月
講談社文庫

第三巻
『侵蝕《しんしょく》』
2008年12月
講談社文庫

第四巻
『継承』
2009年6月
講談社文庫

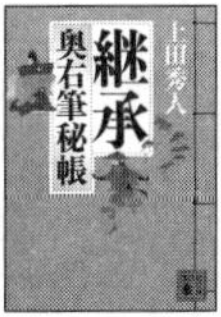

第五巻
『簒奪《さんだつ》』
2009年12月
講談社文庫

第六巻
『秘闘』
2010年6月
講談社文庫

第七巻
『隠密』
2010年12月
講談社文庫

第八巻
『刃傷』
2011年6月
講談社文庫

第九巻
『召抱《めしかかえ》』
2011年12月
講談社文庫

第十巻
『墨痕《ぼっこん》』
2012年6月
講談社文庫

第十一巻
『天下』
2012年12月
講談社文庫

第十二巻
『決戦』
2013年6月
講談社文庫

〈全十二巻完結〉

前夜 奥右筆外伝

併右衛門、衛悟、瑞紀《みずき》をはじめ
宿敵となる冥府防人《めいふさきもり》らそれぞれの
「前夜」を描く上田作品初の外伝！

2016年4月
講談社文庫

上田秀人作品◆講談社

天主信長

〈表〉我こそ天下なり
〈裏〉天を望むなかれ

本能寺と安土城、戦国最大の謎に二つの大胆仮説で挑む。

信長の死体はなぜ本能寺《ほんのうじ》から消えたのか？　安土《あづち》に築いた豪壮な天守閣の狙いとは？

信長の遺《のこ》した謎に、敢然と挑む。文庫化にあたり、別案を〈裏〉として書き下ろす。

信長編の〈表〉と黒田官兵衛編の〈裏〉で、二倍面白い上田歴史小説！

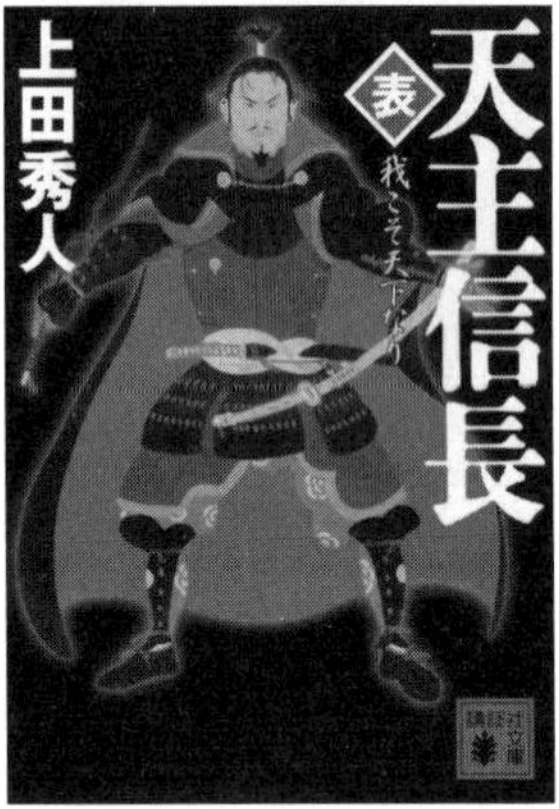

〈表〉我こそ天下なり
2010年8月　講談社単行本
2013年8月　講談社文庫

〈裏〉天を望むなかれ
2013年8月　講談社文庫

上田秀人作品◆講談社

梟《ふくろう》の系譜 宇喜多四代

戦国の世を生き残れ！
梟雄と呼ばれた宇喜多秀家の真実。

織田、毛利、尼子《あまこ》と強大な敵に囲まれた備前に生まれ、勇猛で鳴らした祖父能家《よしいえ》を裏切りで失い、父と放浪の身となった直家《なおいえ》は、宇喜多《うきた》の名声を取り戻せるか？

『梟の系譜』2012年11月　講談社単行本
2015年11月　講談社文庫

軍師の挑戦 上田秀人初期作品集

斬新な試みに注目せよ。
上田作品のルーツがここに！

デビュー作「身代わり吉右衛門」（「逃げた浪士」に改題）をふくむ、戦国から幕末まで、歴史の謎に果敢に挑んだ八作。上田作品の源泉をたどる胸躍る作品群！

『軍師の挑戦』2012年4月　講談社文庫

上田秀人作品◆講談社

竜は動かず
奥羽越列藩同盟顛末
〈上〉万里波濤編
〈下〉帰郷奔走編

世界を知った男、玉虫左太夫は、奥州を一つにできるか？

仙台の下級藩士の出ながら、江戸で学問を志した玉虫左太夫に上田秀人が光を当てる！勝海舟、坂本龍馬と知り合い、遣米使節団の一行として、世界をその目に焼きつける。郷里仙台では、倒幕軍が迫っていた。この国の明日のため、左太夫にできることとは？

〈上〉万里波濤編
2016年12月　講談社単行本
2019年５月　講談社文庫

〈下〉帰郷奔走編
2016年12月　講談社単行本
2019年５月　講談社文庫

上田秀人公式ホームページ「如流水の庵」
http://www.ueda-hideto.jp/

講談社文庫「百万石の留守居役」ホームページ
http://kodanshabunko.com/hyakumangoku/

講談社文庫「奥右筆秘帳」ホームページ
http://kodanshabunko.com/okuyuhitsu/

講談社文庫　目録

講談社文庫　目録

折原　一　倒錯の死角〈201号室の女〉
折原　一　倒錯の帰結
小川洋子　密やかな結晶
小川洋子　ブラフマンの埋葬
小川洋子　最果てアーケード
小川洋子　琥珀のまたたき
乙川優三郎　霧の橋
乙川優三郎　喜知次
乙川優三郎　蔓の端々
乙川優三郎　夜の小紋
恩田　陸　三月は深き紅の淵を
恩田　陸　麦の海に沈む果実
恩田　陸　黒と茶の幻想(上)(下)
恩田　陸　黄昏の百合の骨
恩田　陸　『恐怖の報酬』日記〈酩酊混乱紀行〉
恩田　陸　きのうの世界(上)(下)
恩田　陸　七月に流れる花/八月は冷たい城
奥田英朗　新装版 ウランバーナの森
奥田英朗　最悪

奥田英朗　邪魔(上)(下)
奥田英朗　マドンナ
奥田英朗　ガール
奥田英朗　サウスバウンド
奥田英朗　オリンピックの身代金(上)(下)
奥田英朗　ヴァラエティ
乙武洋匡　五体不満足〈完全版〉
乙武洋匡　だから、僕は学校へ行く!
乙武洋匡　だいじょうぶ3組
大崎善生　聖《さとし》の青春
大崎善生　将棋の子
小川恭一　江戸の旗本事典〈歴史・時代小説ファン必携〉
奥野修司 徳山大樹　怖い中国食品、不気味なアメリカ食品
奥泉　光　プラトン学園
奥泉　光　シューマンの指
奥泉　光　ビビビ・ビ・バップ
折原みと　制服のころ、君に恋した。
折原みと　時《とき》の輝き
折原みと　幸福のパズル

岡田芳郎　世界一の映画館と日本一のフランス料理店を山形県酒田につくった男はなぜ忘れ去られたのか
大城立裕　小説 琉球処分(上)(下)
太田尚樹　満州 裏 史〈甘粕正彦と岸信介が背負ったもの〉
大島真寿実　ふじこさん
大泉康雄　あさま山荘銃撃戦の深層(上)(下)
大山淳子　猫弁〈天才百瀬とやっかいな依頼人たち〉
大山淳子　猫弁と透明人間
大山淳子　猫弁と指輪物語
大山淳子　猫弁と少女探偵
大山淳子　猫弁と魔女裁判
大山淳子　雪猫
大山淳子　イーヨくんの結婚生活
大山淳子　光二郎分解日記〈相棒は浪人生〉
大倉崇裕　小鳥を愛した容疑者
大倉崇裕　蜂に魅《ひ》かれた容疑者〈警視庁いきもの係〉
大倉崇裕　ペンギンを愛した容疑者〈警視庁いきもの係〉
大倉崇裕　クジャクを愛した容疑者〈警視庁いきもの係〉
大鹿靖明　メルトダウン〈ドキュメント福島第一原発事故〉
荻原　浩　砂の王国(上)(下)

講談社文庫　目録

片川優子　ジョナさん
片川優子　ただいまラボ
神山裕右　カタコンベ
神山裕右　炎の放浪者
加賀まりこ　純情ババアになりました。
門田隆将　甲子園への遺言〈伝説の打撃コーチ高畠導宏の生涯〉
門田隆将　甲子園の奇跡〈斎藤佑樹と早実百年物語〉
門田隆将　神宮の奇跡
鏑木　蓮　東京ダモイ
鏑木　蓮　屈折光
鏑木　蓮　時限
鏑木　蓮　真友
鏑木　蓮　甘い罠
鏑木　蓮　京都西陣シェアハウス〈憎まれ天使・有村志穂〉
鏑木　蓮　炎罪
川上未映子　そら頭はでかいです、世界がすこんと入ります
川上未映子　わたくし率 イン 歯ー、または世界
川上未映子　ヘヴン
川上未映子　すべて真夜中の恋人たち
川上未映子　愛の夢とか
川上弘美　ハヅキさんのこと
川上弘美　晴れたり曇ったり
川上弘美　大きな鳥にさらわれないよう
海堂　尊　外科医　須磨久善
海堂　尊　新装版 ブラックペアン1988
海堂　尊　ブレイズメス1990
海堂　尊　スリジエセンター1991
海堂　尊　死因不明社会2018
海堂　尊　極北クレイマー2008
海堂　尊　極北ラプソディ2009
海堂　尊　黄金地球儀2013
海道龍一朗　室町耽美抄　花鏡
門井慶喜　パラドックス実践　雄弁学園の教師たち
門井慶喜　銀河鉄道の父
亀井　宏　佐助と幸村
梶　よう子　迷子石
梶　よう子　ふくろう
梶　よう子　ヨイ豊《とよ》
梶　よう子　立身《りっしん》いたしたく候《そうろう》
梶　よう子　北斎まんだら
川瀬七緒　よろずのことに気をつけよ
川瀬七緒　法医昆虫学捜査官
川瀬七緒　シンクロニシティ〈法医昆虫学捜査官〉
川瀬七緒　水《みな》底《そこ》の棘《とげ》〈法医昆虫学捜査官〉
川瀬七緒　メビウスの守護者〈法医昆虫学捜査官〉
川瀬七緒　潮騒のアニマ〈法医昆虫学捜査官〉
川瀬七緒　紅のアンデッド〈法医昆虫学捜査官〉
川瀬七緒　フォークロアの鍵
風野真知雄　隠密　味見方同心(一)〈くじらの姿焼き騒動〉
風野真知雄　隠密　味見方同心(二)〈干し卵不思議味〉
風野真知雄　隠密　味見方同心(三)〈幸せの小福餅〉
風野真知雄　隠密　味見方同心(四)〈恐怖の流しそうめん〉
風野真知雄　隠密　味見方同心(五)〈フグの毒鍋〉
風野真知雄　隠密　味見方同心(六)〈鵺《ぬえ》の闇鍋〉
風野真知雄　隠密　味見方同心(七)〈絵巻寿司〉
風野真知雄　隠密　味見方同心(八)〈ふふふの麩〉
風野真知雄　隠密　味見方同心(九)〈殿さま漬け〉

講談社文庫　目録

京極夏彦　文庫版 百鬼夜行—陰
京極夏彦　文庫版 百器徒然袋—雨
京極夏彦　文庫版 百器徒然袋—風
京極夏彦　文庫版 今昔続百鬼—雲
京極夏彦　文庫版 陰摩羅鬼《おんもらき》の瑕《きず》
京極夏彦　文庫版 邪《じゃ》魅《み》の雫
京極夏彦　文庫版 今昔百鬼拾遺—月
京極夏彦　文庫版 死ねばいいのに
京極夏彦　文庫版 ルー＝ガルー〈忌避すべき狼〉
京極夏彦　文庫版 ルー＝ガルー2〈インクブス×スクブス　相容れぬ夢魔〉
京極夏彦　分冊文庫版 姑獲鳥《うぶめ》の夏 (上)(下)
京極夏彦　分冊文庫版 魍魎《もうりょう》の匣《はこ》 (上)(中)(下)
京極夏彦　分冊文庫版 狂骨《きょうこつ》の夢《ゆめ》 (上)(中)(下)
京極夏彦　分冊文庫版 鉄鼠《てっそ》の檻《おり》 全四巻
京極夏彦　分冊文庫版 絡新婦《じょろうぐも》の理《ことわり》 (一)(二)
京極夏彦　分冊文庫版 絡新婦《じょろうぐも》の理《ことわり》 (三)(四)
京極夏彦　分冊文庫版 塗仏《ぬりぼとけ》の宴《うたげ》　宴の支度《したく》 (上)(中)(下)
京極夏彦　分冊文庫版 塗仏《ぬりぼとけ》の宴《うたげ》　宴の始末《しまつ》 (上)(中)(下)
京極夏彦　分冊文庫版 陰摩羅鬼《おんもらき》の瑕《きず》 (上)(中)(下)

京極夏彦　分冊文庫版 邪魅《じゃみ》の雫 (上)(中)(下)
京極夏彦　分冊文庫版 ルー＝ガルー〈忌避すべき狼〉 (上)(下)
京極夏彦　分冊文庫版 ルー＝ガルー2〈インクブス×スクブス　相容れぬ夢魔〉 (上)(下)
京極夏彦・原作　志水アキ・漫画　コミック版 姑獲鳥《うぶめ》の夏 (上)(下)
京極夏彦・原作　志水アキ・漫画　コミック版 魍魎《もうりょう》の匣《はこ》 (上)(下)
京極夏彦・原作　志水アキ・漫画　コミック版 狂骨の夢 (上)(下)
北森　鴻　花の下にて春死なむ
北森　鴻　香菜里屋《カナリヤ》を知っていますか
北森　鴻　親不孝通りラプソディー
北村　薫　盤上の敵
北村　薫　紙魚家崩壊〈九つの謎〉
北村　薫　野球の国のアリス
木内一裕　藁の楯
木内一裕　水の中の犬
木内一裕　アウト＆アウト
木内一裕　キッド
木内一裕　デッドボール
木内一裕　神様の贈り物
木内一裕　喧嘩猿

木内一裕　バードドッグ
木内一裕　不愉快犯
木内一裕　嘘ですけど、なにか？
北山猛邦　『クロック城』殺人事件
北山猛邦　『瑠璃城』殺人事件
北山猛邦　『アリス・ミラー城』殺人事件
北山猛邦　『ギロチン城』殺人事件
北山猛邦　私たちが星座を盗んだ理由
北山猛邦　猫柳十一弦の後悔〈不可能犯罪定数〉
北山猛邦　猫柳十一弦の失敗〈探偵助手五箇条〉
北　康利　白洲次郎　占領を背負った男 (上)(下)
北　康利　福沢諭吉　国を支えて国を頼らず (上)(下)
貴志祐介　新世界より (上)(中)(下)
北原みのり　木嶋佳苗100日裁判傍聴記〈佐藤優対談収録完全版〉
岸本佐知子 編訳　変《ヘン》愛《アイ》小説集
岸本佐知子 編　変愛小説集　日本作家編
木原浩勝　文庫版 現世怪談《うつしよかいだん》(一)　主人の帰り
木原浩勝　文庫版 現世怪談(二)　白刃の盾
木原浩勝　増補改訂版 もう一つの「バルス」〈—宮崎駿と『天空の城ラピュタ』の時代—〉

講談社文庫　目録

2020年9月15日現在